KB069944

우리만 아는 농담

사소한 일이 우리를 위로한다.
사소한 일이 우리를 괴롭히기 때문에.
— 블레즈 파스칼Blaise Pascal

보라보라섬에서
건져 올린
행복의 조각들

우리만 아는 농담

김태연 지음

놀

보라보라
사람들

나는 남태평양의 조그마한 섬마을 보라보라에 살고 있다. 아마도 그 이름만 듣고 섬의 위치를 바로 떠올리는 사람은 없을 것이다. 공항에서 탑승권을 발급해주는 직원조차 늘 어디에 있는 곳인지 묻고는 하니까.

내게도 그런 때가 있었다. 세계지도에서 보라보라섬을 찾아달라는 친구의 부탁에, 남태평양 언저리까지 가서도 손가락이 방향을 잃고 헤매던 때가.

이건 그즈음의 이야기다. 한국을 떠나는 게 집에서 멀어지는 건지 가까워지는 건지, 보라보라에 도착하면 여행이 시작되는 건지 생활이 시작되는 건지, '그'가 외간 남자인지 남편인지조차 몰랐던, 아직은 모든 것의 경계가 희미했던 나의 첫 보라보라. 그 시작을 함께해주었던 사람들에 대한 이야기다.

결혼식 없는 결혼을 했고 검은 고양이 쥬드와 함께 보라보라섬에 살고 있다. 내일의 일은 모르겠다.

1。 사소한 일이 우리를 위로한다

2。 이 모든 전달 불가능에도 불구하고

. . .

3。 어른이 된다는 것

4。 심심한 건 꽤 좋은 일

1。
....

사소한 일이 우리를 위로한다

돈이 들어간
선물.

세상과 동떨어진 곳에 산다는 건 바다 위에 떠다니는 배에서 사는 것과 비슷하다. 식량이나 기름의 사용량을 예측해서 부족함 없이 미리미리 채워둬야 하기 때문이다. 예측이 어긋나 예상보다 일찍 무언가가 동이 나버리면, 다음 육지에 다다르기 전까지는 그것이 없는 채로 버텨야만 한다. 하지만 섬 생활에 서툴렀던 우리는 자주 그런 실수를 했고, 한번은 가스가 떨어졌다. 음식을 해 먹지 못하는 상황이었다.

할 수 없이 우리는 밖으로 나갔다. 꽃들을 따라서 걷다가, 작은 정원을 지나니 움막 하나가 나왔다. 안으로 들어서니 앉아서 음료를 마실 수 있는 바가 보였고, 곳곳에 다양한 국기와 깃발이 걸려 있었다. 귓등에 티아레 꽃을 꽂은, 작고 활기찬 여자가 다가와 우리를 자리로 안내해주었다. 사방이 바다로 둘러싸인 야외 식당이었다. 바다 위로 지어진 테라스에 테이블이 줄지어 놓여 있었다. 보이진 않지만 발아래로 물고기들이 지나갈 거라고 생각하니 발바닥이 간질거렸다. 여자는 메뉴를 건네며 이곳에 온 지 얼마 되지 않아 불어가 서툴다며 양해를 구했다. 동지였다. 반가운 마음이 들어 '나는 더 엉망이니, 전혀 문제없다'라고 대답하자, 그녀는 웃었다. 우리는 스프라이트를 섞은 모히토를 주문했고 조금 후 음료를 가지고 돌아온 그녀는 나의 모히토를 가리키며 말했다. "이건 내가 사는 거야."

현지인들의 사랑을 많이 받는 메뉴라며 추천을 받은 '튜나 타르타르'가 나왔다. 큐브 모양으로 작게 썬 참치에 다진 양파, 파프리카, 레몬 그리고 올리브유가 버무려져 나왔다. 맛을 보니 집에 가스가 떨어져서 다행이라는 생각이 절로 들었다. 그 뒤로 우리는 기회만 생기면 이 식당을 찾아왔다. 가족이나 친구가 놀러 왔을 때, 무사히 재취업에 성공했을 때, 누군가의 생일이었을 때도 우리는 늘 이곳에 왔다. 그리고 매번 주문하기도 전에 스프라이트를 섞은 모히토가 나왔다.

불어가 서툰 여자의 이름은 '나즈'였다. 그녀는 나보다 나이는 어렸지만 아이 셋의 엄마였고, 식당의 주인이자 터키계 프랑스인인 '누만'의 아내였다. 나즈는 터키에서 태어나서 한 번도 고향을 떠나본 적이 없었는데, 터키에 놀러 온 누만과 사랑에 빠지는 바람에 이 먼 곳까지 오게 되었다고 했다. 우리는 여행자도 현지인도 아닌 경계인으로서 가진 공감대 덕분에, 금세 속 이야기를 나누는 사이가 되었다. 나즈는 어떤 고단함도 긍정으로 감싸는 힘이 있는 사람이었는데, 하루는 남편의 생일이 다가온다며 걱정을 털어놓았다. 생일 선물을 주고 싶은데 항상 시간과 노력이 들어간 선물만 했다며, 이번엔 '돈'이 들어간 선물을 주고 싶다고 힘을 주어 말했다. 맑은 눈을 깜빡거리며 이야기하는 나즈가 귀여웠다. 돈이 들어간 선물이라는 말을 이렇게 순수하게 하는 사람이 있다니.

그리고 누만의 생일날, 나즈는 들뜬 얼굴로 만족스러운 선물을 준비했다고 말했다. 어느 조용한 섬에 있는 숙소를 예약했다는 것이었다. 샴페인도 다 준비해두었다며, 푹 쉬기만 하다 올 거라고 했다(그녀는 '쉬기만 하다'라고 말할 때 양손으로 따옴표를 만들어 까딱까딱했다). 얼핏 생각해봐도 적지 않은 돈이 필요했을 것이었다. 그 많은 돈을 어떻게 모았느냐고 물었더니, 식당 일 말고도 여행자들의 빨래를 직접 해주며 돈을 받았다고 했다. 지나가던 여행자도 붙잡고 빨래가 필요하진 않은지 물어봐가면서 말이다. '힘들게 번 돈을 하루에 다 쓰는 거야? 너무 여유 부리는 거 아닌가?' 나즈를 잘 몰랐다면 아마도 내 반응은 이랬을 것이다. 걱정한다는 이유로 쉽게 내뱉었을 말들.

하지만 서툰 외국어로 낯선 사람들에게 빨래가 필요하지 않은지 묻고, 그것을 받아 빨래를 하고, 말리고, 다림질하며 남편의 생일 선물을 준비했을 나즈를 생각하니 그런 말은 나오지 않았다. 오히려 그 선물을 내가 다 받은 느낌이었다. 잠시 숨을 고르며 그녀를 바라보았다. 낭만적인 사람. 생각해보면 나의 가난을 핑계로 지금껏 얼마나 많은 이들의 낭만을 비웃었는지 모르겠다. 어쩌면 다른 이의 낭만을 비웃지 않는 것만으로도 조금은 괜찮은 어른이 되는 걸지도 모르는데 말이다. 나는 용기를 내어 나즈를 꼭 안아주었다.

바다의
맛。

어느 소설의 제목처럼 파도가 바다의 일이라면, 세상에 둘도
없이 게으른 바다가 바로 마티라다. 바다 수영이 낯선 나에
게 더없이 다정한 곳. 실내 수영장 같은 잔잔함, 완만하게 깊
어지는 바다, 햇볕에 따뜻해진 물까지. 이곳 보라보라 사람
들은 어른, 아이 할 것 없이 맨몸으로 바다에 뛰어들었다. 신
기했다. 지금껏 내게 바다는 그저 바라보는 곳이었기 때문
이다. 남자친구는 오히려 그런 나를 신기해했다. "한국에 바
다가 그렇게 많은데 왜 수영을 안 했어?" 그러게. 왜 안 했을
까. 딱히 생각해본 적이 없었다.

그는 물안경을 침으로 뽀득뽀득 닦으며 말했다. "이렇게

하면 김이 덜 서려서 잘 보여." 나는 물안경에 잠수용 호흡
관을 끼워 쓰고, 오리발을 신고, 구명조끼까지 다 입고서야
물 안으로 머리를 밀어 넣었다. 재빠르게 숨는 물고기들이
보였다. 너무 긴장한 탓인지 자꾸 숨이 가빴다. 입에 물고 있
는 대롱으로만 숨을 쉬어야 했지만 코가 숨을 뿜어댔고, 그
럴 때마다 여기저기서 물이 들어왔다. 혀는 짜고 코는 맵고,
정신없이 물을 먹었다.

다행히 호흡법에 금세 익숙해졌다. 자전거 타기와 비슷했
다. 한번 알아차리면 절대 잊어버릴 수 없는 그런 것. 쭈글쭈
글해진 손으로 다시 구명조끼를 꽉 조이고 바닥을 찼다. 붕-
하고 몸이 떠올랐다. 귀에 들어올 듯 들어오지 않을 듯 물소
리가 찰방찰방 멀어지다 순간 고요해졌다. 숨소리만 귓속에
서 색색 울렸다.

언제부턴가 눈을 뜨면 그 고요함을 기다리게 되었다. 서
울보다 한없이 느리게 시간이 흐르는 곳에 살면서도 어째선
지 나는 자주, 또 쉽게 피로해졌다. 모국어가 아닌 언어로 살
아가는 건 생각보다 더 많은 집중력이 필요했다. 아무리 노
력해도 발음할 수 없는 단어가 계속 나타났다. 이리저리 발

음을 바꿔가며 말해도 상대는 알아듣지 못했고, 하려고 했던 말과 전혀 다른 말을 해버리기도 했다. 바보가 된 기분이었다. 그리웠다. 말을 하면 숨겨둔 뉘앙스까지 귀에 탁탁 꽂히는 나의 모국어가.

그럴 때마다 그 사람은 바다에 가자고 했다. 조용한 곳에서 쉬다 오자고. 가만히 물 위에 누워 있으면 귓가에서 물소리가 들리다 점차 멀어지고 이내 고요해졌다. 늘 그랬다. 그의 말이 맞았다. 바다에 오면 정말 쉴 수 있었다. 입도 귀도 다 쉴 수 있었다. 바닷속에는 낯선 말을 하는 것이 하나도 없었다. 물결에 휘어지고 부서진 빛들을 손으로 당기면, 몸이 점점 앞으로 나아가며 쭈욱 펴졌다. 움츠러든 어깨도 등도 쭈욱 쭈욱 펴졌다.

구명조끼 없이도 물에 들어가는 게 편안해졌던 어느 날이었다. 저만치 앞에서 자기 쪽으로 오라고 수신호를 보내는 그 사람이 보였다. 빨리 오라며 나를 재촉했다. 거북이라도 나타난 건가. 오리발을 위아래로 몇 번 굴렀더니 그가 손에 잡힐 듯 가까워졌다. 묘하게 상기된 얼굴로 그가 손가락으로 무언가를 가리켰다. 산호초, 형광색 립스틱을 바른 대왕 조개, 숨어 있는 물고기들 그리고 작은 동그라미가 보였다. 그의 얼굴을 봤다. 다시 동그라미를 봤다. 반지였다.

그는 입 모양으로 무언가 말을 하려 했다. 그런데 물속이라 자꾸 물방울만 꼬르륵 올라갔다. 웃음이 나왔다. 푸하. 아주 오랜만에 물을 먹었지만 짜지 않았다. 나는 고개를 끄덕였다. 그의 말이 입 모양만으로도, 귀에 탁탁 꽂히는 모국어처럼 들려왔으니까. '윌. 유. 메리. 미.'

그리고 영원히
행복하게 살았답니다.

내 손 위에 그 사람의 손이 포개졌다. 무슨 말인지 모를 복잡한 서류를 읽고 있는 시장님의 목소리가 들렸다. 내가 태어난 곳, 아빠와 엄마의 이름을 읽을 때조차 모든 것이 낯설었다. 므슈 킴 그리고 마담 팍. 왜 김씨와 박씨는 먼 바다를 건너와, 김씨와 박씨로 불리지 못하고 이 고생을 하고 있을까? 이런저런 딴생각을 하다가 시장님의 말을 완전히 놓쳤다. 하지만 상관없었다. 축복의 말들이라는 것만큼은 알 수 있었다. 시장님이 우리의 손을 따뜻하게 잡아주었을 때, 마침내 익숙한 문장이 들려왔다.

"맞는다면 '네'라고 대답하세요." "네." 증인으로 와준 친구들이 웃었다. 반지를 교환했다. 키스했다. 그렇게 혼인 서약이 끝났다.

'그리고 그들은 영원히 행복하게 살았답니다'로 끝나는 동화를 믿는 어른이 있을까. 그 누구도 영원을 본 적이 없는데 말이다. 사랑을 할 때 하는 약속들은 헤어지기 전까지만 유효하다고 했다. 사랑을 해보고 잃어보고 잊어본 사람이라면, '영원히 사랑해'라는 말에 더 이상 속지 않게 된다. 그러다가, 그럼에도 불구하고 속아주고 싶은 사람을, 우리는 다시 만나게 된다. 여기서 진짜 어른들의 동화가 시작된다. 비극일지 희극일지 모르겠지만, 뭐 어쩌겠는가. 애초에 우리가 할 수 있는 건 사랑이 허락되는 동안 사랑하는 것뿐이다. 내일의 일은 모르겠다.

편도
항공권。

새벽 세시의 군산은 아직 깨어나지 않은 상태였다. 텅 비어
버려 한없이 고요한 도로. 나를 태운 아빠의 낡은 차가 덜덜
거리며 버스 터미널에 도착했다. 인천공항으로 가는 차표를
사려는데 아빠가 지갑을 열었다. "아빠가 살게."

물을 하나 사는데도 "아빠가 살게." 사람 둘은 거뜬하게
들어갈 이민 가방을 버스에 옮겨 실을 때도 "아빠가 할게."
이제는 내가 돈이 더 많다든가 몸무게가 더 많이 나간다든
가 하는 건 아빠한테 하나도 중요하지 않아 보였다.

가만히 서서 버스 출발 시간을 기다리는 일만 남아 있었

다. "아빠 먼저 들어가." 아빠는 고개를 저었다. 새벽이라 그런지 날이 쌀쌀했다. 사람들은 담배를 피웠다. 담배도 끊어버린 아빠는 할 일이 없었다. 누군가 직원에게 인천공항에 언제 도착하느냐고 묻자 서너 시간은 걸린다는 대답이 돌아왔다. 새삼스레 핸드폰에 저장해둔 비행기 티켓을 다시 확인했다. 돌아오는 편이 없는 편도 항공권이었다. '우리 이제 언제 봐, 아빠?' 같은 말을 하려다 그만뒀다. 울음보는 늘 말주머니가 터뜨리는 법이니까. 나는 아직 울 준비가 되지 않았다. 버스가 출발하기 직전에야 아빠는 처음으로 '아빠'가 들어가지 않은 문장을 말했다. "거 도착하면 엄마한테 전화 넣어라."

여유롭게 출국수속을 마치고 비행기에 탔다. 외롭지는 않았다. 혼자서 비행기를 타는 일은 익숙했다. 기내식을 먹고 잠을 청했다. 얼마나 잤는지 일어나 보니 기내의 조명이 다 꺼져 있었다. 나는 보조등을 켜고 가만히 앉아 있었다. 주변은 고요했고, 웅웅거리는 엔진 소리만 들려왔다. 그 사람에게 가까워지는 일은 가족에게서 멀어지는 일이라는 것을 새삼 실감했다. 아빠 목소리가 떠올랐다. 아빠가 살게. 아빠가 할게. 아빠가…. 얼른 보조등을 껐다.

"이 비행기는 잠시 후 보라보라섬에 착륙하겠습니다."

창문 덮개를 올리자 빛이 쏟아졌다. 인천공항을 떠난 뒤에도 비행기만 두 번을 더 갈아탔다. 이착륙을 반복하며 멍해진 귀에 승객들의 탄성이 들려왔다. 우리는 섬에 가까워지고 있었다. 목에 꽃목걸이를 걸고 있는 신혼여행객들은 비행기 창문에 바짝 기대어 사진을 찍었다. 구름 아래로 솟아오른 오테마누산이 보였다. 초록이 촘촘하게 채워진 섬의 끝에는 바다가 있었다. 섬 둘레를 따라 흰 우유를 쏟아부은 듯 파랑의 경계가 번지고 있었다. 그 위로 비행기 그림자가 보였다.

승무원은 경비행기에서 내린 사람들을 나무줄기를 엮어 만든 듯한 움막으로 안내했다. 작은 공항이었다. 더운 바람에서 희미한 단내가 났다. 티아레 꽃 향기였다. 유리문을 지나자 많은 사람이 서 있었다. 벌써부터 서로를 발견하고 손을 흔드는 사람, 달려가 부둥켜안는 사람, 보드에 적힌 이름을 확인하고 악수하는 사람, 떠나기 위해 기다리는 사람까지. 설레었다가 긴장이 되었다가 다시 설레기를 반복했다.

나는 어떤 표정을 지어야 좋을지 알 수 없었다. 웅성거리는 사람들의 끝에서 그를 발견했다. 나보다 더 긴장한 얼굴로 두리번거리고 있는 사람. 인간 무리에 던져진 한 마리의 미어캣 같았다. 그의 이름을 불렀다. 안도감이 밀려왔다. 마침내 울 수 있었다.

나의
일。

선풍기 바람 앞의 아이스크림처럼 시간이 빠르게 녹아내리
던 날들이었다. 이런 나의 한가로운 사정을 아는 친구가 전
화를 걸어왔다. 기념품 매장을 운영하는 친구였다. 직원이
갑자기 입원해서 그러니 며칠만 매장 일을 도와달라고 했다.
서둘러 씻고 집을 나섰다.

　친구의 매장은 관광객들로 북적이고 있었다. 미국과 호주
에서 출발한 대형 크루즈가 두 척이나 보라보라섬에 정박했
다고 했다. 여기저기서 빠르게 흘러나오는 영어에 바짝 긴장
했다. 친구는 내 왼쪽 귀에 하얀 티아레 꽃을 꽂아주었다. 제
대로 설명을 들을 겨를도 없이 일을 시작했다. 관광객들은

낚싯줄로 만들어진 우쿨렐레나 조개와 산호초로 꾸민 액자, 흑진주 액세서리에 관심이 많았다. 가격을 알려주고, 새 물건을 꺼내오고, 계산하고 포장했다.

"당신은 싱글이 아니군요?" 할머니 한 분이 말을 걸어왔다. 난 조금 놀란 눈으로 고개를 끄덕였다. "꽃을 보고 알았어요. 왼쪽 귓등에 꽂으면 짝이 있는 거고, 오른쪽 귓등에 꽂으면 싱글이라고 사람들이 그러던데요?" 섬에 산 지 한두 해가 아닌데, 처음 듣는 이야기였다. 나는 바로 꽃을 오른쪽 귓등으로 바꿔 끼우는 시늉을 했고 할머니는 크게 웃어주었다. 친절한 분이었다.

눈코 뜰 새 없이 움직이다 보니 어느새 구석까지 햇빛이 길게 들어왔다. 오후 네시였다. 매장은 한가해졌다. 별다른 할 일이 없었다. 마른 천을 들고 돌아다니며 여기저기 쌓여 있던 먼지를 닦았다. 로컬 럼주병, 냉장고 자석의 틈, 우쿨렐레 줄 아래에 쌓인 먼지들까지. "그만하고 제발 좀 쉬어." 친구가 나를 말리며 의자에 앉혔다. 우리는 함께 차가운 콜라를 마셨다. 선풍기가 덜덜덜 돌아가고, 다른 직원들은 매장 앞에서 담배를 피우거나 말린 코코넛 속살을 먹으며 이야기를 나누고 있었다. 선풍기 바람에 웃음소리가 흩어졌다. 가끔씩 관광객들이 들어와도 친구는 일어나려는 나를 말렸다. 가만히 있는 것이 어색한 사람은 나뿐이었다. 쉬고 있으니 곧 섬의 모든 매장이 문을 닫는 시간이 되었다. 오후 다섯시였다. 두꺼운 자물쇠로 문을 잠그려는데, 불쑥 엄마와 아빠가 떠올랐다. 밤 열시가 되어서야 겨우 셔터를 내리던 그 모습이.

며칠 후, 입원했던 직원이 돌아왔다. 잠깐 동안 내게 허락되었던 '일하는 시간'은 빠르게 끝이 났다. 마지막 날, 친구는 우리 부부에게 저녁을 사 주겠다고 했다. 우리는 매장 밖으로 나와 푸드 트럭으로 향했다. 하루 종일 비어 있던 공터에 트럭이 하나둘 모여들었다. 남편은 이미 와서 자리를 잡고 있었다. 토끼 그림 간판이 켜진 곳이었다. 플라스틱 테이블과 의자를 펼쳐놓고 바비큐와 참치회를 팔고 있었다. 남편과 밖에서 보는 게 너무 오랜만이라서 그런지 조금 쑥스러웠다.

숯불에서 구워지는 고기와 해산물의 냄새가 밤공기를 데우는 동안, 친구는 어디선가 맥주를 가져왔다. 건배를 했다. 이 맛이었다. 퇴근하고 마시는 맥주의 맛. 팽팽했던 긴장감이 느슨해지며 몸에 피로가 돌았다. 눈꺼풀이, 허리가, 다리가 무거워졌다. 반가운 피로감이었다. 나를 힘들게 하지만, 또 나를 받쳐주기도 하는 것이 바로 일이었다.

저녁 식사를 끝내고 집으로 돌아가는 길, 술을 마시지 않은 남편이 운전을 했다. 매일 오가던 길인데도, 퇴근길이라고 생각하니 어쩐지 다르게 보였다. 도로 양옆으로 늘어선 야자수, 느린 파도 그리고 오테마누산이 마치 사당역 환승 통로처럼 익숙하게 느껴졌다. 어딘가에서 편의점 불빛도 보이는 것만 같았다. 비로소 모든 것이 동네 풍경이 되었다.

벌 거 벗 은
아 이 。

친구를 도와 기념품 매장 일을 보던 어느 날이었다. "보라보라의 우쿨렐레는 낚싯줄로 만들어져요." 한참 설명을 하고 있는데 벌거벗은 꼬마 하나가 가게 안으로 뛰어 들어왔다. 햇빛 냄새가 나는 얼굴에 '나 장난기 좀 있거든'이라고 쓰여 있는, 세 살 남짓한 남자아이였다. 저 아이의 보호자는 도대체 어디에 있을까. 우쿨렐레를 사려던 여행객의 얼굴에도 나와 같은 표정이 보였다. 얼마 후, 아이의 엄마로 보이는 여자가 가게 안으로 들어왔다. 그녀는 아이를 쓱 한번 확인하고는 에어컨 앞에 앉아 핸드폰을 뒤적거리기 시작했다. 나중에 알고 보니 그 아이의 이름은 '모아나'였고, 이 가게는 모아나

가족의 쉼터였다. 아이들은 냉장고에 들어 있는 시원한 콜라가 마시고 싶어 오고, 어른들은 인터넷과 에어컨 바람을 나눠 쓰기 위해 온다고 했다. 어느새 가게 안은 모아나의 가족과 여행객들로 북적거리고 있었다. 보라보라라서 가능한, 자연스러운 풍경이었다.

모아나는 폴리네시아어로 '넓은 바다'라는 뜻이라고 했다. 그 뒤로 나는 기념품 가게에 갈 때마다 벌거벗은 모아나를 만났다. 모아나는 항상 내 손을 붙잡고 콜라가 든 냉장고를 가리켰다. "라-라-우-우-" 같은 소리만으로도 자기가 원하는 바를 분명하게 표현했다. 그래서 나는 가게에 갈 일이 생기면 언제나 과일을 갈았다. 모아나는 과일주스를 좋아했고, 다 마시고 나면 여기저기 매달리기 시작했다. 모아나에게 가게 안의 가구들은 매달릴 수 있는 것과 없는 것으로 나뉘었다. 사람들이 자신을 알아주기 전까지는 내려오지 않았다. 아주 건강한 아이였다. 나는 그런 모아나에게 마음이 갔고, 우리는 조금씩 가까워졌다. 아이들은 자신에게 애정이 있는 사람을 금방 알아차리는 법이니까.

언젠가 모아나 엄마로부터 초대받아 그들의 집에 간 적이 있다. 군데군데 칠이 벗겨지고 빗물 자국과 얼룩이 진 낡은 집이었다. 모아나의 가족은 마당에 있는 나무 지붕 아래 옹기종기 모여 앉아 햇빛을 피하고 있었다. 모아나는 여전히 알몸이었고 어른들이 입은 옷에는 큰 구멍들이 나 있었다. 그냥 보기엔 형편이 어려운 집이었다. 하지만 현실은 정반대였다. 그들에게는 물려받은 땅이 있고, 넉넉하게 고기를 잡을 수 있는 배도 있었다. 그런데 왜 이런 곳에서 사는 걸까. 모아나의 가족들은 낡은 집에서 사는 것에 전혀 불편함을 느끼지 못한다고 했다. 외적인 것으로 이곳 사람들을 판단하는 일은 불가능한 것인지도 몰랐다.

섬 전체를 통틀어 '소비생활'이 가능한 곳이 손에 꼽을 정도라 불편할 때가 더러 있었다. 폴리네시아 사람들이 돈 쓸 곳이 없어서 소비생활을 안 하는 건지, 아니면 그들이 소비생활을 안 하니까 파는 곳이 안 생기는 건지 궁금했다. 모아나의 가족들을 만나고 나니 후자가 답일지도 모른다고 생각했다. 상대적으로 제한된 소비생활을 할 수 있는 이들이 더 풍요롭고 느긋하게 살아가는 아이러니를 보고 있자면, 자연스레 이런 생각이 든다. 어쩌면 소비할수록 우리는 더 결핍되어버리는 게 아닐까 하는.

"라-라-우-우-" 모아나가 마당의 기둥을 가리키더니 매달리기 시작했다. 모든 사람이 다 알아주고 나서야 웃으며 내려왔다. 그리고 나무에서 떨어진 큰 낙엽을 가지고 날갯짓을 하며 한참을 뛰어놀았다. 쉬지 않고 웃고, 달리고, 매달렸다. 아이에겐 모든 것이 놀이가 되었다. 모아나는 행복한 듯 웃었다. 아직은 행복이 행복인 줄도 모르겠지.

그날 모아나의 가족들은 내게 집에 가져가서 먹으라며 바나나와 망고, 파파야를 양손 가득 싸 주었다. 그리고 집까지 조심히 가라며 꽃으로 만든 목걸이를 내게 걸어주었다.

이토록
사소한 순간들。

[엄마, 아빠, 여름에 놀러 오세요.] 메시지를 확인한 것 같은
데 답이 없었다. 가게는 어떻게 비워두나, 자식한테 부담을
주는 것은 아닐까, 걱정하시는 모습이 눈에 선했다. 마침 내
통장으로 반년치 월급이 한꺼번에 들어왔고, 그길로 비행기
티켓을 구입했다. 그리고 아빠에게 기다리던 답을 받았다.
[지금 공항 간다.]

  얼마 뒤, 아빠와 엄마 그리고 조카를 안고 있는 언니가 비
행기에서 내리는 모습이 보였다. 얼굴에 드리워진 피곤을 숨
길 수는 없었지만 모두 상기된 표정이었다. 엄마는 비행기에
서 많이 자서 괜찮다고 했다. 함께 수하물을 기다리는데 크

고 무거워 보이는 이민 가방들은 모두 우리 거였다. 다른 여행자들의 세련된 트렁크 사이에서 단연 눈에 띄었다. 그 안에 들어 있을 엄마의 반찬들이 훤히 보였다. 울컥 목이 메었다.

섬에 있는 가족들을 보는 건 현실감이 없었다. 함께할 수 있는 시간이 한정되어 있다고 생각하자 마음이 급해졌다. 이 섬에서 가능한 체험들을 모두 시켜주고 싶었고, 갈 수 있는 곳들은 다 데려가고 싶었다. 우리는 세계에서 가장 아름다운 해변이라는 마타라에 갔고, 색색의 열대어들과 산호초가 숨어 있는 포인트를 돌아다니며 스노클링을 했다. 몸보다 큰 가오리와 상어도 봤다. 하지만 정작 가족들이 좋아했던 건 따로 있었다.

엄마는 숙소에 도착한 날부터 요리를 하고 설거지를 했다. 그도 아니면 청소를 했다. 언니와 힘을 다해 말려도 소용이 없었다. 설거지를 못 하게 하면 베란다 창틀의 오래된 먼지를 닦고, 냉동고의 두꺼워진 얼음을 녹이는 식이었다. "이게 하고 싶었던 일이었어. 너 밥해 먹이고 싶었어. 너 키울 때도 엄마가 가게에 있느라 잘 못해줬잖아." 가게 문을 닫고 집에 돌아오면 늘 밤 열시가 넘었던 엄마는, 자식들과 더 많은 시간을 보낼 수 있는 삶에 대한 동경이 있었다고 했다. '꼭 손으로 차려줘야 엄마가 해준 밥인가. 엄마가 번 돈으로 잘 먹고 잘 컸으니 다 엄마가 해준 거지'라고 말하고 싶었지만 그러질 못했다. 그저 자꾸 말리는 일은 그만두고 엄마의 옆에서 함께 요리하며 레시피를 기억하려 애썼다.

한편 아빠는 내가 "보라보라 좋지. 여기 좋지?" 자꾸만 물어도 고개만 끄덕이고는 별다른 말이 없었다. 아빠를 웃게 하는 문장을 말해야 했다. "술 한잔 하실래요?"

친구가 우리를 위해 직접 잡아다 준 문어를 말리는 일은 아빠가 제일 열심이었다. 정성스레 씻고, 삶고, 가위로 손질한 다음 볕이 든 곳에 널었다. 그렇게 마른 문어는 매일 저녁 우리의 안주가 되어주었다. 처음엔 소주와 함께였고 그다음엔 보드카, 그것도 다 떨어지면 럼주도 있었다. 가족 중에 술을 좋아하는 사람은 아빠와 나뿐이었다. 우리는 자주 해가 지는 쪽을 향해 앉아서 천천히 술을 마셨다.

아빠의 화양연화는 언제였을까. 가장 아름답고 좋은 날들은 이미 다 지나갔을지도 모른다는 생각을 한 적이 있을까. 그때 혹시 외로웠을까. 아빠도 외로웠을 거라 생각하니 마음이 아팠다. 외로움은 어디에서 오든 고통스러우니까. 나는

"보라보라 좋지, 여기 좋지?" 하고 묻는 대신 "아빠가 와서 좋다"라고 말했다. 아빠는 말이 없었다. 대신 말없이 내 술잔에 과일주스를 섞어주었다.

　가족들이 한국에 돌아가기 전날, 우리는 함께 큰 마트에 갔다. 언니는 유모차에서 잠이 든 조카를 데리고 마트 안을 쉴 새 없이 돌아다녔다. 언니의 동선에는 아무런 목적지가 없었다. 그저 표류라고 불러도 좋을 모습이었다. 계산대에 도착한 언니의 카트는 보디 샴푸, 코코넛 오일, 초콜릿, 리치 통조림처럼 별로 값도 나가지 않는, 한국에서도 살 수 있는 물건들로 가득 차 있었다. "이거 한국에도 다 파는 거 뭐 하러 사 가. 무겁기만 할 텐데." 내 핀잔에 언니는 순간 멈칫했지만, 뭐라고 웅얼거리면서 그 물건들을 전부 계산했다. 다음 날 가족들은 한국으로 돌아갔고, 나는 일상으로 돌아왔다.
　한참이 지나서 언니에게 물었다. 보라보라에서 뭐가 제일 좋았냐고. 언니는 잠시 대답을 못 하다, 마트에서 장 볼 때가 제일 좋았다고 했다. 먹고 싶은 거, 사고 싶은 거 돈 걱정 하지 않고 사보는 게 처음이었다고. 값나가지 않는 물건들로만 가득 차 있던 카트가 생각났다. 코끝이 찡했다. 조금 허탈하기도 했다. 그리고 이상할 정도로 편안한 마음이 들었다.

  이 섬에 살게 된 지 여러 해가 지났다. 끝내 이방인일 수밖
에 없겠다는 외로움과 체념의 순간들이 종종 있었는데, 어쩐
지 쌓여온 감정들이 전부 스르르 풀려버리는 기분이었다. 사
는 동안 내 앞에 또 어떤 산이 기다리고 있을지 모르겠지만
함께 밥을 해 먹고, 문어를 말리고, 걱정 없이 장을 볼 수 있
는 사소한 순간들이 남아 있다면 그것으로 충분하다는 생각
이 들었다.

남편의
일。

"자?" "아니 아직." "친구 스위치 켜줄래?" 어느 새벽, 자려
고 누워 있는 내게 남편이 '친구 스위치'를 켜달라고 했다.
우리 부부의 작은 약속이었다. 한 사람이 요청하면, 아내나
남편의 역할은 모두 내려놓고 친구로서의 역할을 수행하는
시간이었다. 여기서 친구란 대화를 하는 동안 절대 객관적
으로 판단하거나 충고하지 않고, 집중해서 들어주고, 격하게
공감해주며, 무조건 서로의 편이 되어주는 사람이다. 예를
들어 "직장에서 A가 이런저런 이유로 나를 힘들게 해"라는
말에 평상시라면 "너도 잘못한 부분이 있네"라든지 "이렇게
해봐"와 같은 판단과 조언이 가능하다. 그런데 친구 스위치

를 켜게 되면 할 수 있는 말은 "저런. A가 똥(실제로는 더 심한
말을 한다)이네. 너무 힘들었겠다. 걔가 너한테 그러면 안 되
지"와 같은 추임새들뿐이랄까.

　나는 벌떡 일어나 앉았다. 그가 친구 스위치를 먼저 요청
하는 일이 좀처럼 없기 때문이었다. "어렸을 때 꿈이 뭐였
어?" 남편이 물었다. 정말 오랜만에 들어보는 단어였다. 꿈.
생소하기까지 했다. 주민등록증을 보여달라는 요구를 받으
면 되레 기분이 좋아지는 나이가 된 이후로, 이 질문은 어쩐
지 과거형이 되었다. 나는 영화 〈백 투 더 퓨처〉에 빠져 시간
여행자가 되고 싶어했다. 지금은 그 단어를 말하는 것만으로
수줍어지는 기분이지만, 어릴 적 꿈은 다 그런 것 아니겠는
가. "너는? 너는 뭐였는데?" 내가 되묻자 그는 망설이지 않
고 대답했다. "피자집 주인."
　"장 피에르라고 피자집 여러 개 가진 친구 알지? 내년에
그중 한 곳을 내가 맡아보지 않겠느냐는 제의를 받았는데
나 해보고 싶어." 뭐야. 이건 완전히 불공평했다. 친구 모드
로 할 수 있는 얘기가 아니잖아. 꿈까지 들먹이다니 치사했
다. 당장 하던 일은 어떻게 할 건지, 보증금은 있는지, 피자

를 만드는 법은 아는 건지, 갖가지 생각이 머릿속을 오가는 동안 그는 말을 이어갔다. 다행히 설득력 있는 이유들이 있었다. 무엇보다 그는 이 일을 하고 싶어했다. 벌써 심란했지만, 응원하지 않을 이유도 딱히 없었다. 그렇게 어느 새벽의 내가 잔뜩 쿨한 친구인 척을 해버린 바람에, 밤마다 남편을 장 피에르의 피자 가게에 바래다주게 되었다.

그는 아르바이트를 하면서 피자 만드는 법을 조금씩 배워갔다. 다른 아르바이트생과 열다섯 살 차이가 난다고 했다. 보통은 가게 앞에 내려주고 바로 돌아오지만, 그날은 피자가 먹고 싶어서 안까지 따라 들어갔다. 우리의 친구이자 사장님인 장 피에르는 남편이 직접 만든 피자를 먹어보라고 했다. 남편은 잔뜩 쑥스러운 얼굴로 동그란 반죽을 밀었다. 도우가 만들어졌다. 어떤 피자를 먹고 싶은지는 물어보지도 않았다. 파인애플 토핑을 올리고 치즈를 뿌렸다. 오븐에서 금방 구워진 피자를 여덟 조각으로 잘랐다. 포장된 피자를 내게 건네주던 남편은 처음 보는 표정을 짓고 있었다. 아직도 내가 모르는 얼굴이 남아 있구나.

집으로 돌아오는 길, 달큰한 피자 냄새가 차 안을 가득 채웠다. 피자의 맛은, 그러니까 정말 하와이안피자의 맛이 났다. 남기지 않고 여덟 조각을 다 먹었다. 남편은 조만간 어렸을 때 꿈꾸었던 그런 사람이 될 수 있을 것 같았다. 우리 나이가 무엇을 시작하기 쉬운 나이는 아닐지라도, 여전히 변화 가능한 나이라는 것을 보여주는 그가 조금은 부럽다.

나는 어떤 사람이 되어가고 있는 걸까. 시간 여행자 이후로 무엇을 꿈꾸었는지 이제는 잘 기억나지 않는다. 20대의 좌표를 돌아보면, 드라마틱한 꿈이 많았던 것은 분명하다. 하지만 사실은 줄곧 꿈이 없어도 괜찮다고 말해주는 어른을 기다려왔다는 생각이 든다. 지금까지 그런 어른을 만나지 못해서 그냥 내가 말하고 내가 들었다.

경제적인 자립은 소중하다. 그러니 계속해서 할 수 있는 일들을 잘 해내려고 한다. 세상은 이런 걸 꿈으로 쳐주지는 않는 것 같다. 모르겠다. 내가 아는 건 꿈을 이루는 사람들이 드문 세상에서도, 꿈이 없다는 사실을 말하려면 꽤나 단단한 각오가 필요하다는 것 정도다. 꿈의 바깥에도 삶은 있다. 혹시 과거의 내가 정말 시간 여행에 성공해서 이 글을 읽는다면 무척 실망할 것 같다. 부디 그 아이가 친구 스위치를 켜준다면 좋겠다.

숲에서 자란
아이들.

어디선가 전화벨이 울렸다. 졸린 눈을 비비며 침대 아래 떨어져 있던 전화기를 찾았다. 마리오였다. 함께 오테마누산에 놀러 가기로 한 날이었다. 전화를 받자마자 그는 대뜸 물었다. "오고 있어?" 순간 늦잠을 잤나 싶어 시간을 확인했다. 약속 시간은 오전 아홉시였지만 아직 일곱시도 되기 전이었다. "아니, 아직…. 아홉시까지 집 앞으로 갈게." 마리오의 집 앞에는 산으로 바로 이어지는 숲길이 있었다.

　30분쯤 지나자 다시 전화가 왔다. "오고 있어?" 10분이나 지났을까. 또다시 전화가 왔다. "오고 있어?" 아홉시까지는 아직 한 시간도 더 남아 있었지만 지금 가겠다고 대답했고,

10분 만에 남편과 함께 마리오의 집에 도착했다. 마리오네 엄마가 두 팔을 벌린 채 우리를 맞이했다. 나도 팔을 벌려 그녀를 안았다. 그녀는 비닐 배낭에 물을 넣어주며 첫 번째 포인트까지만 다녀오라고 당부했다. 자기보다 키가 작은 엄마를 내려다보던 마리오는 야무지게 고개를 끄덕였다. 점심 전까지 돌아오겠다고 약속하고 출발하려는데, 마리오의 엄마 뒤에 수줍게 서 있던 꼬맹이가 울기 시작했다. 마리오의 사촌 동생이라고 했다. 그녀는 꼬맹이를 데려가지 않겠느냐고 물었다. 그런데 마리오도 꼬맹이도 슬리퍼를 신고 있었다. 그녀가 말했다. "괜찮아. 숲은 이 아이들의 놀이터니까." 그렇게 네 명의 놀이터 원정대가 꾸려졌다.

숲길을 걸으며 마리오는 꼭 필요한 말만 했다. 큰 이파리들이 힘없이 늘어진 큰 줄기를 지날 땐 "바난(바나나)", 노란 알맹이가 주렁주렁한 나무를 지날 땐 "망그(망고)". 그에 반해 꼬맹이는 내게 이런저런 질문을 늘어놓았다. 아무리 꼬맹이라도 현지어가 섞인 불어는 알아듣기 힘들었다. 대꾸할 말을 겨우 생각해내면 이미 다른 주제로 넘어간 지 오래였다. 풀이 무릎까지 자라난 곳을 지나니 드디어 숲이 나왔다. 나무가 하늘을 가릴 만큼 촘촘하게 자라 있었다. 어디든 그늘이었다. 공기도 선선했다. 마리오와 꼬맹이는 걸음이 매우 빨랐다. 다들 잘도 올라갔다. 나의 걱정과 달리 슬리퍼는 아무런 문제도 되지 않는 모양이었다. 그들은 종종 앞서가다가도 나를 돌아봤고, 물을 마시며 기다려줬다. 꼬맹이는 입에 손을 대고 큰 소리로 물어왔다. "괜-찮-아-?"

얼마나 올랐을까. 평평한 돌바닥 앞에서 마리오가 말했다. "여기야!" 네 명이 앉아서 쉬기에 충분한 공간이었다. 돌바닥에 앉자 나무들 사이로 가려져 있던 작은 섬이 눈앞에 나타났다. 마치 숨겨진 비밀의 낙원 같았다. 꼬맹이는 이것저것 가리키며 감탄을 했다. "이 나무만 잎이 다 떨어졌어." "모기가 엄청 빠르게 날아다니네!" "자꾸 바람이 이쪽에서 불어." 보이는 것들을 그대로 읽어내는 말이었다. 이제 내 눈에는 보이지도 않게 되어버린 것들. 저렇게 하나 마나 한 말들을 세상 신나서 하다니.

"조금만 쉬다가 돌아갈까? 지금 몇 시야?" 핸드폰을 만지작거리던 마리오에게 물었다. 그러자 꼬맹이가 대신 대답했다. "마리오는 시간을 볼 줄 몰라." 문득 아침에 계속 울렸던 전화기가 떠올랐다. 아홉시까지 간다는 말에도 계속해서 울렸던 전화.

사람들은 마리오에게 발달장애가 있다고 했다. 사람들은 옳게 보았다. 하지만 다행스럽게도 모든 사람이 그것만 보는 건 아니었다. 마리오는 아주 좋은 어부라서, 가족들의 식탁에 올라오는 제일 큰 물고기를 늘 마리오가 잡는다고 했다. 멀리서 놀러 왔던 우리 아빠에게 문어를 선물한 사람도 마리오였다. 꼬맹이는 마리오가 자기 마음을 제일 잘 안다고 했다. 목이 마르다는 말을 하기도 전에 마리오는 늘 물병을 열어준다며 신기해했다. 지금 내 눈앞에 마리오가 앉아 있지만, 여기에 앉아 있지 않은 마리오가 훨씬 많다는 것을 기억하고 싶었다. 하나의 단어로 정의 내릴 수 없는 너무나 다채로운 존재였다. 어쩌면 우리 모두가 그럴 것이다.

집으로 돌아가는 길에 가파른 곳이 나올 때마다 마리오는 어디선가 두꺼운 줄기를 찾아주었다. 그걸 잡으면 한결 거뜬하게 내려갈 수 있었다. 꼬맹이는 미끄러지듯 뛰어 내려가며 노래까지 부르기 시작했다. 내심 스스로를 보호자라고 생각하고 함께 왔던 내 속내가 민망했다. 잠시 멈춰서 숨을 고르

는 동안 마리오와 꼬맹이가 빠르게 멀어졌다. 하지만 그들은
기꺼이 멈춰 서서 걸음이 느린 나를 기다려줄 것을 나는 알
고 있었다.

언니의
일。

우체국 개인 사서함에 안내문이 와 있었다. 한국에서 택배가 왔으니 찾아가라고 했다. 보라보라섬은 편지든 택배든 우체국까지만 배달이 된다. 그래서 받을 사람이 실제로 사는 주소가 아닌, 사서함 번호를 적어야 한다. '1013, Borabora.'

직원에게 안내문을 냈더니 잠깐 앉아서 기다리라고 했다. 에어컨 바람에 차가워진 스테인리스 의자가 시원했다. 직원이 가져다준 박스는 크기에 비해 가벼웠다. 언니의 이름이 적혀 있었다. 가지런한 손 글씨였다.

나에게는 세 살 터울의 언니가 있다. 그 말인즉슨 내 삶에 언니가 존재하지 않았던 순간은 단 한 번도 없다는 뜻이다. 떠올릴 수 있는 가장 최초의 기억에도 우리는 한 침대를 나누어 쓰고 있었다. 영화에 나오는 '자매애'를 갖지 못했던 건, 어쩌면 끈적이던 살과 입 냄새를 가장 가까이서 느껴왔기 때문인지도 몰랐다. 한번은 언니가 잠결에 팔을 휘두르는 바람에 내 코피가 터지기도 했고(실화), 언니는 내가 늘 이를 갈며 반쯤 눈을 뜬 채로 자서 무서웠다고 했다(소설). 서로가 아쉬울 리 없었다. 오히려 지겨웠다. 저 인간은 언제 대학에 가나만 궁금해했다.

오늘의 우리는 각자의 침대를 가지고 있다. 언니가 아무리 손발을 휘둘러도 내게 닿지 않고, 내가 이를 빡빡 갈아도 (만약에 간다고 치더라도) 언니는 들을 수 없다. 언니와 내 침대 사이에는 이제 열아홉 시간의 시차가 가로놓여 있다.

물리적 거리가 멀어질수록 어째서인지 관계는 더 가까워졌다. 우리는 자주 통화하기 시작했고 어딘가 애틋하기까지 했다. 비슷한 시기에 결혼을 해서 그런지도 모르겠다. 언니는 임신한 걸 알았을 때도 내게 처음으로 전화를 걸었다. 태명은 꼬물이, 남자아이란다. "우현이라는 이름 어때?" "옹알이도 잘 안 해. 순하지." "몸을 뒤집었어." "말을 알아듣는 것 같아. 기저귀 하면 기저귀를 가져온다니까. 천잰가?" "오늘 어린이집 등원해. 이제 다 컸어."

그렇게 꼬물이가 서우현 어린이로 성장하는 동안, 언니는 새로운 일을 시작했다. 연고도 없는 지역에서 옷을 팔았다. 부모님이 평생을 하셨던 일과 닮은 일이었다. 언니는 아빠에게 도움을 구했다. 월급을 드리기 위한 핑계였다. 가뜩이나 경기도 좋지 않은데 걱정이 되었지만 언니의 목소리는 밝았다. 장사가 잘되지 않아도, 아빠 월급을 드릴 수 있는 여건이 되는 게 어디냐고. 그것을 위해서 시작한 건 아니지만, 지금은 그래서 이 일이 마음에 든다고 했다.

언니의 이름이 또박또박 적혀진 박스를 들고 집으로 돌아오는 내내 안에 뭐가 들어 있는지 궁금했지만, 수신인에 남편의 이름도 있어서 함께 열어보려고 참았다. 국제 택배는 무게가 가벼워도 왠지 묵직한 기분이 든다. 어떤 물건을 사서 망가지지 않게 포장한 후 우체국까지 들고 가 국제 우편으로 보내면, 남태평양 위를 날아서 타히티를 경유해 보라보라섬까지 오는 데 거의 한 달이라는 시간이 걸리기 때문이다. 그 묵직함은 너무 얇고 가벼워서 펄럭거리는 나의 행복이 날아가지 않도록 꾹 눌러주었다.

언니의 전화는 오늘도 계속되고 있다. 대체로 놀라울 만큼 시시한 얘기들을 한다. 로봇으로 변신하는 자동차 장난감의 상세한 종류나, 또 그중에 어떤 건 맨날 품절이라 얼마나 구하기 힘든지와 같은 이야기들. 내가 이 지루함을 견디는 이유는 결코 박스 안에 들어 있던 것이 남편이 죽고 못 사는 원피스 피규어였기 때문이 아니었다. 이걸 사겠다고 둘째를 가진 몸으로 햄버거 가게에서 긴긴 줄을 섰다는 얘기를 들었기 때문도 아니었다(물론 조금은 그렇다). 그보다는 그저 가족끼리 이렇게 시시한 얘기나 할 수 있을 때가 좋은 때라는 것을 알아버렸기 때문이었다. 나는 우리의 시시함이 아주 감사하다.

우리들의
일。

꽤 오랜 시간 나의 직업은 아르바이트하는 사람이었다. 도
서관, 학교 앞 돈가스집, 대형 마트, 동대문 새벽 시장까지…
즐거웠다. 좋은 사람들을 만나기도 했지만, 젊어서 잠깐 하
는 고생이라는 생각이 있었던 것 같다. 하지만 졸업을 했더
니 인턴 생활이 기다리고 있었다. 그다음에는 비정규직이 있
었다. 아르바이트 시절보다 낮은 월급을 받기도 했다. 가슴
뛰는 일이니까, 의미 있는 일이니까 괜찮다고 스스로를 설득
했다. 하지만 그 일을 계속하기 위해서는 내가 가장 사랑하
는 사람들의 희생이 필요했다. 그렇게 조금씩, 어떤 의아함
이 들기 시작했다.

나는 지금도 일이 필요하다. 하지만 이제는 지구를 구하는 것처럼 반짝거리는 일이 아니어도 의미가 있다는 것을 알게 되었다. 잠깐 누군가의 빈자리를 채우는 일이거나, 그저 지루함을 버텨내는 일이거나, 사람들의 눈길이 닿지 않는 일이어도 괜찮다. 상대에 따라 전부이거나 혹은 아무것도 아닌 일들. 운이 좋다면 사랑하는 사람들을 지켜낼 수도 있는 일들. 일을 하지 않는다고 해서 우리의 쓸모가 사라지는 것은 아니다. 하지만 각각의 일들을 지나오는 동안 우리가 조금씩 성장해왔다는 것을 부정할 수는 없다. 아무리 작은 일도, 무의미한 일도 그래서 모두 의미가 있다.

헤이 쥬드,
돈 비 어프레이드。

처음 보라보라섬에 왔을 때, 똑같이 생긴 집 두 채에 친구들과 모여 살았다. 나무로 된 낡은 집 마당에는 망고와 바나나가 자랐다. 뒷집은 프랑스 친구들이, 앞집은 우리 부부와 스페인 친구 디에고가 나눠 썼다. 우리는 특별한 일이 생길 때마다 서로의 집을 옮겨가며 지냈다. 누군가의 가족이 오거나 하면 한 집을 비워주고 나머지 집에서 다 같이 지내는 식이었다. 그리고 매일 저녁이면 따로 약속하지 않아도 함께 모여서 시간을 보냈다. 뒷집에 살던 친구의 고양이 '지나'가 두 집을 다 제집처럼 드나든 것은 자연스러운 일이었다.

아침 아홉시가 되면, 지나와 나를 제외한 모두가 일터로

증발하고 사방이 고요해졌다. 지나는 24시간 곁에 상주하는 나를 마음에 들어 했다. 새끼를 가진 후에는 더 그랬다. 불러오는 배가 어디 걸리기라도 할까 조심스러워하면서도, 꼭 내 무릎 위로 올라와 잠을 잤다. 새끼를 배고도 가볍기만 한 지나가 안쓰러웠다. 어떻게 행동해야 할지 일러주는 이 하나 없이 혼자 오롯이 출산을 감당한다는 게 고양이에게는 얼마나 두려운 일일지 알 수가 없었다.

지나의 예정일을 앞두고 모두 함께 '출산 상자'를 만들었다. 하지만 지나는 상자에 좀처럼 관심이 없었다. 자꾸 내 옷장만 기웃거렸다. 결국 출산 상자를 옷장 안으로 옮겼고, 거기서 네 마리의 고양이가 태어났다. 펭귄처럼 까만 턱시도에 하얀 와이셔츠를 입은 고양이들이었다. 세상 모든 동물들의 새끼가 귀여운 건 보호본능을 일으켜 생존 가능성을 높이기 위해서가 아닐까. 눈도 못 뜨고 꽁냥거리며 기어 다니는 새끼 고양이들에게 우리는 손을 뻗지도, 거두지도 못했다. 다들 어찌할 줄을 몰랐다.

지나는 달랐다. 엄마로 다시 한번 태어난 것 같았다. 새끼를 무는 힘, 나르는 속도를 능숙하게 조절했다. 평소보다 열심히 먹고, 고스란히 젖을 물렸다. 또 어쩌나 핥아주는지, 새끼 고양이들의 까만 털에서 반들반들 윤이 났다.

얼굴에 하얀 털이 알파벳 A 모양으로 나 있는 새끼 고양이가 남편을 유난히 잘 따랐다. 베개에 뛰어 올라가는 것도 힘에 부치는 작은 몸으로, 저도 고양이라고 친구들이 만지면 발톱을 세우며 하악거렸다. 그런데 남편만은 가까이 다가설 수 있게 허락했다. 손가락을 내밀어도 물지 않고 그르릉거렸고, 발톱도 숨겼다. 남편은 뿌듯한 얼굴로 새끼 고양이에게 코를 부볐다. 잠시 존재가 희미해졌던, 고양이의 진짜 집사인 친구가 말했다. "이 녀석은 너희가 키워야겠다."

기뻤다. 그리고 망설여졌다. 좋아하는 것과 책임지는 것의 차이, 곧 진심과 태도의 차이에 대해 나는 얼마나 이해하고 있을까. 사실 남편은 오래전부터 고양이를 키우고 싶어했다. 자기가 모든 것을 감당하겠다고 했다. 건강검진도 데려가고, 놀아주고, 언젠가 우리가 섬을 떠날 때 필요한 고양이 여권도 알아서 만들겠다고 했다(지금은 전혀 기억하지 못하고 있다). 한동안 저녁마다 친구들과 고양이에 대한 이야기를 나눴다. 처음부터 답은 정해져 있었지만 말이다.

친구들은 비틀즈의 노래 〈Hey Jude〉를 듣다가, 우리 고양이의 이름을 '쥬드'라고 지어주었다. 친구의 아이를 위로하기 위해 이 노래를 만들었던 폴 매카트니의 마음처럼, 쥬드에게도 우리가 위로가 되었으면 좋겠다고 했다. 오히려 우리가 훨씬 많은 위로를 받게 되었지만, 당시에는 알지 못했다. 그렇게 우리의 삶에도 고양이가 찾아왔다.

고양이를
만났다.

외로운 사람은 너무나 흔하다. 그래서 서로의 외로움에 더
쉽게 공감할 것 같지만, 사실 우리는 이 때문에 서로의 외로
움에 더 쉽게 무감해지고 만다. 이곳에 고양이가 있다. 누구
나 말을 걸 수 있지만 대답은 없는, 안겨주지는 않지만 가끔
제 몸을 기대오는 존재. 고양이가 우리의 말을 정말 들어주
는지, 위로를 하려 하는지 아무것도 확실하지 않다. 아마 서
로 오해하고 있을지도 모른다. 내가 어렸을 적, 우리가 서로
를 꽤 무시무시한 존재로 여겼던 것처럼 말이다(나는 지금의
오해가 훨씬 맘에 든다).
　　그러니까 아주아주 어렸을 때, 나는 고양이를 보면 무섭

단 생각이 먼저 들었다. 어디선가 불쑥 튀어나오고, 아기 울음소리를 내는 데다가, 강아지처럼 살갑게 다가오지도 않기 때문이었다. 용기를 내서 불러봐도 멀리서 노려보기만 하는 고양이 앞에서 나는 늘 뻘쭘해졌다. 방학 숙제로 읽었던 에드거 앨런 포의 단편소설 「검은 고양이」 덕분에, 고양이가 앙갚음을 하는 기묘한 존재라는 인상마저 생겼다. 나이가 들어 그 소설을 다시 읽었을 때 나는 당황했다. 고양이를 학대하고, 죽이고, 그도 모자라 아내마저 살해한 후 사체를 숨긴건 다름 아닌 사람이었다. 고양이는 아무런 잘못이 없었다.

대학을 졸업하고 긴 여행을 떠났다. 어디를 가든 고양이가 있었다. 모로코나 미얀마 같은 나라가 유독 더 그랬다. 그곳 고양이들의 몸짓에는 느긋함이 스며들어 있었다. 별다른 경계 없이 사람들 사이를 거닐었고, 부르지 않아도 금세 곁에 다가왔다. 부드러운 꼬리로 발목을 간질이며 나른한 목소리로 '야옹' 했다. 무서웠던 마음이 조금씩 옅어졌다. 종교적인 이유도 있다지만, 사람들이 고양이를 대하는 다정함이 내겐 낯설었다. 그들은 자기 고양이가 아니어도 사료와 물을 챙겨주었다. 길 한복판에서 늘어지게 잠을 자도 예뻐해주었다. 찻집에서 자리 하나를 다 차지하고 있는 고양이를 쫓아내지 않고 그냥 옆에 서서 차를 마셨다. 그 모습을 보고 있자 우리나라의 고양이들에게 미안해졌다. 처음부터 도둑고양이로 태어나는 그 아이들이 생각났다.

여행 도중 한국에 잠시 머물렀을 때, 고양이 두 마리를 키우는 친구가 자기 집을 내주었다. 친구는 무척 조심스럽게 내게 물었다. "혹시 길냥이들 밥도… 챙겨줄 수 있어?"

친구를 따라 집 근처로 나갔더니 건물과 건물 사이의 좁은 틈 안쪽에 밥그릇과 안내문이 있었다. 길고양이에게 사료를 주면 쥐의 서식을 방지할 수 있고, 고양이들이 쓰레기봉투를 훼손하지 않으니 사료를 버리지 말아달라는 내용이었다. 친구의 얼굴이 마냥 밝지 않았다. 쉽게 상상이 됐다. 곱지 않은 시선을 피해 구석진 곳에 들어가 사료를 주고도, 빈 그릇을 보면 고양이가 먹은 건지 사람이 내다 버린 건지 알 수 없어 혼란스러워했을 친구의 모습이. 어쩌면 빈 그릇이 가장 무거웠을지도 모른다. 사료를 굳이 버려버리는 사람에게도 나름의 사정이 있을까. 내게는 친구의 마음만이 와닿았다. 몸 구석구석 퍼졌다.

아무튼 그렇게 고양이와의 동거가 시작되었다. 두 마리의 고양이, '유로'와 '해로'. 처음엔 내가 집에 들어서자마자 둘 다 침대 아래로 숨어버렸다. 그렇지만 다행히 경계 태세는 오래 지나지 않아 풀어졌다. 유로는 사랑받고 싶은 마음이, 해로는 호기심이 많았다. 유로는 두드려달라고 엉덩이를 내밀었고, 해로는 배낭에서 꺼내둔 신발의 냄새를 맡았다. 그렇게 계절 하나를 함께 보냈다. 그리고 나는 갑자기 고양이에게 밥을 챙겨줘야 한다며 술자리를 빠져나오는 사람이 되어버렸다. 집에 돌아오는 길에는 건물 사이 구석진 곳에 놓여 있는 밥그릇을 확인했다. 사료가 많이 줄어 있는 것을 보면, 친구 몫까지 단번에 행복해졌다. 유로는 계속해서 엉덩이를 내밀었고 해로는 계속해서 신발 냄새를 맡았다.

조금씩 서로에게 익숙해지던 어느 새벽, 퍽 하고 몸이 눌려서 잠이 깼다. 고양이들이 내 몸을 디딤판 삼아 뛰어오르고 있었다. 집의 한쪽 끝에서 다른 쪽 끝까지 최고 속도로 우다다다 달렸다. 뛰어오르고 또 다시 달렸다. 우다다. 우다다탕. 우당탕탕. 불꽃놀이였다. 마침내 친구가 여행을 마치고 돌아왔을 때, 유로와 해로는 내 궁디 팡팡도, 신발의 냄새도, 어두운 방을 수놓던 불꽃놀이도 다 잊은 듯 친구에게 달려갔다(치욕). 어떻게 사랑이 변하니.

2。
. . . .

이
모든
전달
불가능에도
불구
하고

우리에게 위로가
필요한 시간。

똑또르르드르륵. 드르륵. 똑. 문에서 소리가 났다. 어른이 두
드리는 소리라기엔 장난기가 많고, 아이라기엔 망설임이 많
은 노크 소리. 문 아래로 난 틈을 보니 조그마한 인절미 두
개가 놓여 있다. 쥬드의 발이었다. 문을 열어줬지만 쥬드는
움직이지 않고 가만히 앉아 있었다. 더운 공기를 타고 모기
만 들어왔다. 문을 닫는 시늉을 하니 그제야 엉덩이를 쭉 밀
어내며 기지개를 켜듯 일어난다. 다시 문을 활짝 열어줘도
또 들어오진 않고 눈만 깜빡깜빡. 끝이 동그랗게 올라간 꽃
잎 같은 눈매로 바라본다고 기다려줄 것 같니? 물론이었다.
쥬드는 게으른 목소리로 '야아옹' 울었다.

가족들이 보라보라섬에 놀러 왔을 때, 새삼스럽게 놀랐다. 딱히 나눌 말이 없어서였다. 과묵하기로는 아빠가 최고였지만 나도 별반 다르지 않았다. 그때 우리의 옆에 쥬드가 있었다. 잠을 자고, 밥을 먹고, 좁은 집에서 내키는 대로 뛰다가 우스꽝스럽게 미끄러지고, 순간이지만 겸연쩍어하고, 다시 잠을 잤다. 쥬드가 별다른 일을 한 것은 아니었다. 그런데 쥬드가 자기의 몫을 하는 것만으로 우리 사이의 적막이 옅어졌다. 호기심이 사라져버린 어른들에게도 고양이란 존재는 물음표를 선물했다. 덕분에 우리는 대화를 나눴고, 웃었고, 안심했다.

다른 섬에 있는 국제공항까지 따라가서 가족을 배웅하고 돌아와 텅 비어버린 집 앞에 서 있었을 때, 쥬드가 안에서 '야아옹' 하고 울어주어 문을 열 용기가 생겼다. 보통날의 쥬드는 나에게 큰 관심이 없었다. 불러도 모른 척하고, 자꾸 부르면 귀찮다고 꼬리를 탁탁 내리쳤다. 하지만 이날은 달랐다. 일을 하려고 하면 노트북 위에 앉아버리고, 침대에 누우면 내 배를 꾹꾹 누르고, 화장실에 가도 바로 옆에 앉아서 민망하도록 빤히 쳐다봤다. '나 여기 있어'라고 온몸으로 말하는 것 같았다. 하던 일을 멈추고 쥬드와 눈 키스를 나누고,

머리에서 엉덩이까지 차례로 토닥여주었다. 으어어어 소리를 내며 안아주었다. 쥬드는 그제야 품에서 쏙 빠져나가 사료를 먹으러 갔다. 집사들이 하나같이 하는 이야기는 정말이었다. 우리에게 위로가 필요한 시간을 고양이는 아주 잘 알았다. 그 시간이 비록 짧을지라도.

쥬드는 벌써 네 살이 되었다. 사람 나이로 치면 30대, 내나이도 거의 따라잡았다. 쥬드는 태어난 이후로 많은 일을 겪었다. 중성화 수술을 받았고 어미 고양이가 갑자기 무지개다리를 건넜다. 앞뒤로 이어진 집에서 함께 지내던 친구들은 모두 보라보라섬을 떠났고, 쥬드와 함께 우리는 새집으로 이사를 왔다. 그리고 남편과 나, 쥬드는 모두 한 차례씩 탈모를 겪었다. 우리는 웃으며 지나갔지만 쥬드는 수의사 선생님을 여러 번 만나야 했고, 그 후로도 정기적으로 동물병원에 가고 있다. 쥬드에 관한 거라면 가벼운 적신호에도 심장이 철렁거렸다. 이동하는 동안 스트레스를 받는 쥬드를 데리고 병원에 가는 길이 나라고 즐거울 리 없었지만, 쥬드에게는 우리뿐이었다. 우리가 알아차리지 못하면, 언젠가는 너무 늦어버리고 만다. 어미 고양이 지나처럼.

알고 있다. 우리가 아무리 노력한다고 해도 쥬드의 시간은 우리의 시간을 성큼성큼 앞질러 갈 것이다. 하지만 오늘은 그 생각을 하지 않으려고 한다. 매번 생채기만 나고, 앞서 익숙해지지 않는 슬픔이었다. 쥬드가 부디 가능한 한 오래 우리의 곁에 머물러주기를. 어느 영화의 대사를 주문처럼 적어본다. 'Aime-moi moins, mais aime-moi longtemps(나를 덜 사랑해줘, 하지만 더 오래 사랑해줘).'

오늘까지도 쥬드는 보라보라섬에서 내 한국말을 들어주는 유일한 친구다. 가끔 그런 상상을 한다. 쥬드와 말이 통한다면 얼마나 좋을까. 쥬드는 내게 어디가 아픈지 알려줄 수 있고, 나는 쥬드에게 우리가 또 이사를 갈 것이라고 설명해줄 수 있을 텐데. 하지만 말이 통했다면 쥬드는 나를 좋아하지 않았을지도 모를 일이었다. 누가 그랬다. 잘 알려진 고양이 캐릭터에 입과 표정이 없는 이유는, 사람들이 자신의 감정을 쉽게 투영할 수 있게 하기 위해서라고. 나도 쥬드가 말을 할 수 없어서 안심하고 사랑할 수 있었던 걸까. 상처 주는 말을 듣지 않을 것이 분명하니까. 그럴지도 모르겠다. 그런 생각을 하면 조금 슬프다.

서랍 정리를 하려는데 쥬드가 우다다다 달려와 서랍 안으로 뛰어들어서 그대로 끼어버렸다. 매번 이렇다. 쥬드는 이 틈에 끼는 걸 좋아한다. 웃음이 터졌다. 저 호기심 어린 눈망울이 무엇을 원하는지, 한없이 도도하게 걷다가 왜 순식간에 바보가 되어버리는지 알 수가 없었다. 사는 동안 고양이를 다 이해하게 되는 날은 결코 오지 않겠지만, 뭐 어떤가. 이해할 수 없는 존재와 사랑에 빠지는 것이야말로 인간의 특기다. 우아함과 엉뚱함 사이 어딘가, 천재성과 바보스러움을 함축하는, 고양이의 사랑스러움을 표현할 단어를 찾아내려고 내내 고민했지만 끝내 하나의 단어를 찾아내지 못해 긴 글로 대신한다. 내일의 일은 모르겠다.

곰팡이 핀 노트가
말하게 해준 것.

남편이 아직 남자친구였던 시절의 일이다. 인사동 거리에서 그와 나의 오랜 친구들이 처음 만나던 날이었다. 그는 잔뜩 긴장한 얼굴이었고, 거리에서는 호떡 굽는 냄새가 났다. 사실 그날은 남자친구의 생일이었다. 하지만 그는 내게 아무 말도, 아무것도 하지 말아달라고 부탁한 참이었다. 그냥 보통날처럼 지나가고 싶다고. 그다운 말이었다. 그런데 별안간 내 친구가 샛길에 있던 매장에 들어가 그에게 한지로 된 노트를 사 주었다. 처음 만난 친구에게 뭐라도 해주고 싶었던 마음이었는지, 아니면 내가 생일이라고 슬쩍 흘렸던 건지는 기억나지 않았다. 마치 자기가 선물을 받은 것처럼 좋아하며 노트를 건네던 친구와, "감사합니다"라고 이상한 목소리로 대답하던 그의 모습이 모두 귀여워서 나는 조금 웃었다.

한국에 겨울이 오면 보라보라섬에는 덥고 습한 여름이 시작됐다. 매일같이 비가 쏟아지는 우기였다. 바다에 떠오르는 무지개, 초록이 짙어지는 숲, 간단히 세수만 해도 얼굴이 당기지 않는 이 계절이 나는 마음에 들었다. 곰팡이도 그랬나 보다. 옷장 속 그늘진 벽, 두터운 커튼의 끝자락 그리고 샤워실 구석에 부지런히 나타나 자신의 존재를 알렸다. 한없이 게으른 주부였지만, 이 기간만큼은 곰팡이에게 따라잡히지 않기 위해서라도 바짝 성실해져야 했다. 베이킹파우더와 식초를 잘 섞어서 타일 틈을 닦아내고, 모기에게 뜯겨가며 환기를 시켰다. 어쩌다 해가 쨍한 날에는 살림살이를 조금씩 집 밖에 꺼내두고 해바라기시켰다.

해가 좋은 어느 주말, 남편과 함께 습기 머금은 책들을 다 꺼내서 말리기로 했다. 그러던 중, 책 사이에 끼어 있던 노트를 발견했다. 지난 겨울 인사동에서 선물받았던, 남편이 최근까지도 한참을 찾았던 그 노트였다. 비닐 포장도 그대로였다. 조심스럽게 펼쳐보니 거뭇한 곰팡이가 피어 있었다. 그는 실망한 얼굴로 노트를 바라보았다. 막대로 탈탈 털어내고 '안티 박테리아 99%'라고 쓰인 물티슈로 닦아냈지만, 무의미했다. 오히려 한지가 밀리면서 찢어졌다. 그만 버리라고 했더니 그는 깊은 한숨을 쉬며 말했다. "생일 선물이잖아."

우리는 처음 만났을 때부터 기념일을 대수롭지 않게 여기곤 했다. 사귀게 된 날이라든지, 1주년 기념일이라든지, 크리스마스나 연말연시의 들뜬 분위기에도 모두 심드렁했다. 남편은 그중에서도 특히 생일을 왜 꼭 그렇게 유난스럽게 축하해야 하는지 모르겠다고 했다. 그의 말에 나 역시 고개를 끄덕였다. '맞아 맞아. 생일이 뭐 그리 중요한가? 이 나이에.' 그래서인지 남편이 이번 경우처럼 선물에 애착을 보일 때마다 희한하다는 느낌을 받았다. 노트뿐 아니었다. 누군가에게 선물로 받은 물건은 이사를 할 때도 세심하게 챙겼다. 때가 탄 그림, 고장 난 카메라, 흔들면 '쨍' 하는 소리가 나는 종, 작은 조각 같은 것들. 챙겨올 뿐 결국 장롱 깊숙한 곳으로 밀려들어갔지만 결코 버리진 않았다.

빨랫줄에 걸린 책들이 말라가는 내내 그의 말이 귓가를 맴돌았다. '생일 선물이잖아.' 나는 그 말을 곱씹으며 이제

와 밝히긴 조금 민망한 마음 하나를 고백하고 싶었다. 말과는 다르게 행동하는 그의 모습에 용기가 난 것이었다. "있잖아. 나 사실 좋아해, 생일…. 크리스마스도, 결혼기념일도 축하하는 게 더 좋아." 그랬다. '크리스마스니까요'라는 말처럼, 용기 내 고백을 할 수 있는 날들을 좋아했다. 자정이 되기만을 기다렸다가 제일 먼저 전화를 걸고, 무언가를 해냈기 때문이 아니라 그저 1년을 더 버텼다는 이유로 축하해줄 수 있는 생일을 좋아했다. 12월이 되면 저도 모르게 들떠서 내년은 다를 것이라 소망하는 사람들을 좋아했다. 하지만 어쩐지 행복해지고 싶은 마음이 너무 간절한 날엔 더 쉽게 상처받곤 했다. 무언가 일어날 것만 같아 기다렸지만, 아무 일도 일어나지 않았을 때의 실망감이란. 그래서 더욱 심드렁한 척을 했던 것 같다.

나의 이야기를 가만히 듣던 그가 담담하게 말했다. "어렸을 때 집에서 한 번도 생일을 챙겨준 적이 없어. 학교에 들어가서 처음 알았어. 생일이라는 게 그렇게 다 같이 케이크를 먹고 파티를 하는 날인지." 처음 듣는 이야기였다. 내가 대답을 못하자, 그는 애써 웃으며 말했다. "만약 너 혼자서 다섯 아들을 키우면 어땠을 것 같아? 우리 집은 카오스였어. 케이크만 사 와도 집이 엉망진창 난리가 났는걸. 어느 누구라도 파티는 상상도 못했을 거야." 왜 상대방을 위로할 때 영어로 'I'm sorry'라고 하는지 조금은 알 것 같았다. 미안했다. 그가 생일마다 어딘가 소심해지고, 더 서툴게 굴었을 때 속마음을 정확하게 읽어줬어야 했는데.

나이가 들수록 스스로에 대해 잘 알고 있다는 오해를 하게 된다. 그리고 내가 사랑하는 사람에 대해서도 마찬가지로 잘 알고 있다고 오해하게 된다. 그런 오해들이 적절하게 쌓인 덕분에 하게 된 결혼이니, 어떻게 우리가 행복하기만 할 수 있을까. 누구나 결핍이 있고 그래서 외로운 것일 텐데, 나역시 그렇다는 걸 인정하기는 왜 그리도 어려운 건지 모르겠다. 찌질하면 찌질한 대로, 서로의 가까이에 있어줄 텐데. 물론 그마저도 오해일지 모르겠지만.

그날 이후로 우리는 좀 더 열심히 선물을 찾아다니게 되었다. 생일에도, 크리스마스에도. 나는 그가 갖고 싶어 하던 단종된 필름 카메라를 수소문했고, 새로 나온 닌텐도를 침대 머리맡에 올려두기도 했다. 그는 웃긴 소리가 나는 피리, 돌로 만들어진 목걸이, 박스 테이프로 보수 작업을 마친 낡은 전자 피아노를 사다 주었다. 남편은 자주 필름 카메라의 셔터를 눌렀다. 찍을 게 없어도 그렇게 해야 곰팡이를 막을 수 있다고 했다.

여전히 우리는 이곳에서 습기 가득한 날들을 보내고 있다. 우기가 끝날 때까지, 한국의 겨울이 지나갈 때까지, 바짝 성실하게 굴며 곰팡이와 싸우다 보면 한동안은 외로움을 줄일 수 있을지도 모르겠다.

오늘이 조금 더
선명해지는。

마당 있는 집. 서울에 살면서는 살아본 적도, 꿈꿔본 적도 없
었다. 월세는커녕 가스 요금을 못 내는 날도 많았다. 그래서
인지 보라보라에서 살게 되었을 때 가장 좋았던 건, 형편에
맞춰 집을 구해도 어디에나 마당이 있다는 사실이었다. 티아
레 꽃과 망고나무가 자라고, 쥬드가 뛰어놀고, 남편과 함께
두툼한 천을 깔고 책을 보다 꾸벅 잠드는 일상(물론 자는 동안
모기에 엄청 뜯기긴 하지만).

동네의 터줏대감인 포에 할머니가 세를 내준 집에 살았
던 적이 있었다. 하늘색 페인트가 칠해진 집 앞으로는 걸어
서 1분이면 도착하는 바닷가가 있었고, 뒤로는 오테마누산

이 누워 있었다. 그리고 포에 할머니가 직접 가꾸는 넓은 마당이 집을 둘러싸고 있었다. 우리가 이 집을 선택한 결정적 이유는 저렴한 월세였지만, 마당에서 과일나무들이 자라는 것도 큰 몫을 했다.

포에 할머니의 집과 우리 집은 걸어서 몇 걸음이면 충분한 거리였다. 덕분에 포에 할머니는 과일들을 가져다주려고 자주 다녀갔다. 혼자 먹기에 너무 많다고 했다. 바나나, 파파야, 망고… 하나같이 마당에서 직접 키운 것들이었다. 그녀는 달라진 마당에 대해 이야기하는 것을 좋아했다. 내가 다 알아듣지 못해도 그랬다.

책상에 앉아 있으면 창문으로 포에 할머니가 마당을 가꾸는 모습이 보였다. 그래서인지 지금도 포에 할머니를 생각할 때 가장 먼저 떠오르는 건 그녀의 뒷모습이다. 웅크리고 앉아서 양팔을 쉼 없이 움직이는 작은 등. 하루는 꽃잎을 따주고, 하루는 가지를 솎아내고, 하루는 갈퀴로 나뭇잎을 긁어 모으며 집 앞뒤로 나 있는 넓은 마당을 혼자서 가꾸었다. 그 성실함은 게으른 나를 움직이게 만들어 나도 한번씩 옆에서 일을 도왔다. 가끔이지만 남편과 친구들도 함께 나가서 손질을 거들었다. 포에 할머니는 신이 나서 내내 마당을 가꾸는 이야기를 해주었다. 조금도 부담스럽지 않았다고 하면 거짓 말이다. 드르르르 하는 큰 소리가 나는 기계로 잔디를 깎으 면서도 소리를 질러가며 대화하려는 그녀였다.

하지만 포에 할머니 덕분에 나무가 자라는 계절을 볼 수 있었다. 처음이었다. 가로수로는 이미 많이 자란 나무를 옮 겨 심기 때문인지 몰라도, 도시에 살 때는 나무가 자란다는 사실을 알아차리지 못했다. 관심도 없었다. 가로수 대신 야 자수 아래를 걷는 지금이라고 해서 아주 더디게 자라는 그 들의 성장까지 알아보는 것은 아니다. 다만, 내 눈에 똑같아 보인다 해도 오늘의 나무가 어제와는 다른 나무라는 것을 알게 되었다. 아주 작은 차이. 하지만 그 차이로 인해 오늘이 조금 더 선명해진다.

내 남자친구의 집은
어디인가。

"캄… 컴… 브레.""콤브레.""콤브레?""아니, 코엉브으헤."
프랑스 지도를 펼쳐 들고 남편, 아니 당시에는 남자친구였던
그의 고향이 어딘지 찾아보았다. 파리에서 기차로 두세 시간
이 걸리는 북부의 작은 마을이라고 했다. 지도에 손가락을
대고 조금씩 위로 미끄러지니 'Cambrai'가 나타났다.

　여러 번 발음할수록 더욱 멀게만 느껴지는 곳이었다. 똑
바로 읽을 수도 없는 곳에서 자란 사람과 연애를 하고 있다
니. 뭐 우린 아직까지 서로의 이름도 제대로 발음하지 못했
다. 나는 그에게 태욘이었다가 얼마 전부터 때연이 되었다.
이런 내가 그의 가족을 만나도 괜찮은 건지 얼떨떨한 기분

이었다. 묘한 자부와 불안이 한꺼번에 밀려왔다. 한글은 몰라도 널뛰는 내 마음은 잘 아는 그가 담담하게 말했다. "그냥 여행 간다고 생각해. 무엇보다 꼭 보여주고 싶은 장소가 있어." 손가락으로 지명을 어루만져 보았다. 코엉브으혜. 발음은 어려워도, 그가 태어나면서부터 독립하기 전까지의 시간이 고스란히 쓰여 있을 곳이었다. 운이 좋다면 내게도 읽게 해줄지 몰랐다. 그를 조금 더 이해하게 될 페이지를.

"여기야." 오렌지색 집 앞에 다다르자 남자친구가 초인종을 눌렀다. 불투명한 유리문 너머로 형체가 점점 선명해져왔고, 그제야 내가 빈손이라는 것을 깨달았다. 이런 실수를 하다니. 심장 소리가 귀에 들릴 지경이었지만 용케도 미소를 유지하고 똑바로 서 있었다. 문이 열렸다.

"Bonjour. Ça va?" 활기찬 목소리로 인사를 건네며 문을 열어준 사람은 오드레, 남자친구의 어머니였다. 작은 체구에도 에너지가 뿜어져 나왔다. 나도 답을 해야 하는데, 생뚱맞게 '하지메마시테'라든지 '이랏샤이마세' 같은 일본어가 떠올랐다. 말문이 막혔다. 그런 나를 오드레가 와락 안아주었다. 그녀는 내 등을 두드렸다가 쓰다듬었다가 다시 힘을 주어 꼭 안았다. 포옹에는 청심환 같은 효과가 있는 것이 분명하다. 그제야 입에서 불어가 술술 나오기 시작했다. 물론 '만나서 반갑습니다', '제 이름은' 같은 기초 회화였지만. 뒤에서 다른 가족들이 시끌벅적하게 나타났다. 모두들 일정을 조율해 집에 와 있었다고 했다.

"엄마, 제발 울지 마." 어느새 오드레는 울고 있었다. 쑥스럽게 웃으면서도 연신 소매로 눈가를 닦았다. 남자친구와 가족들은 그런 오드레와 나를 번갈아가며 안았고, 환영했고, 놀렸다. 빠르게 오가는 농담을 거의 알아듣지 못했지만, 아예 음소거를 한다 해도 누구나 이해할 만한 순간이었다. 동북아시아에서 온 나는 인종, 언어, 종교가 모두 다른 코엉브으혜의 가족에게 엄청난 환대를 받고 있었다.

간단하게 짐 정리를 하고 내려왔더니 맛있는 냄새가 났다. 가족들이 차와 음식을 식탁에 올리며 분주하게 움직이고 있었다. 이렇게 집이 북적이는 게 오랜만이라며 기뻐하는 오드레의 얼굴에는 윤이 났다. 프랑스와 모로코의 전통 음식들 그리고 영어와 불어가 한데 뒤섞였던 저녁 식사는 한참이나 이어진 후에 끝이 났다.

식사 정리가 끝나고 오드레가 고양이 사료를 챙겨 마당으로 나가길래 따라나섰다. 마당에 사료를 부어두면 길고양이들이 와서 먹는다고 했다. 오드레는 수줍어하면서도 나를 위해 계속 영어로 말하려고 노력했고, 그런 그녀를 위해 나는 불어로 답했다. 두 사람이 모두 유려하게 말할 수 있는 문장들은 금방 동이 났다. 대화가 길어질수록 고급 어휘들이 필요했고, 알맞은 단어를 떠올리는 데 시간이 오래 걸렸다. 곧 아무 말 대잔치가 시작되었다. 오드레가 먼저 "블랙 캣, 옐로우 캣, 앤드 그레이 캣. 쉬 이즈 뷰티풀. 베리 뷰티풀"이라고 영어로 말하면, 내가 불어로 "아름답다. 매우 아름답다"라고 반복하는 식이었다. 오드레가 잎을 먹고 있는 애벌레를 가리키면, 나는 으으- 하는 표정을 지었다. 중요한 건, 우리가 계속해서 대화를 나누고 싶어한다는 사실이었다. 뒤따라온 남자친구가 통역을 해줄 때까지, 오드레와 나는 계속해서 그런 어린이집 동요 같은 말들을 나누었다.

마당 뒤쪽으로 널따란 작업실이 보였다. 목수였던 아빠의 일터이자 어린 자신과 형제들의 놀이터였다고 남자친구는 말했다. "아빠가 떠난 후에는 쓸모가 사라진 공간인데 엄마가 그대로 놔뒀어. 엄마는 아무것도 버리지 않아." 오드레는 무슨 말을 하는지 다 알고 있다는 표정으로 뭐라고 말했고, 남자친구가 민망해하며 바로 통역해줬다. "안 버리는 것이 아니라 못 버린 건데, 사람들은 그 차이를 이해하지 못하는 것 같아. 우리 아들들조차도." 집에 오자마자 남자친구가 소개해줬던 오드레의 방이 생각났다. 아빠와 엄마가 이혼하기 전에 썼던 방인데 이제는 아무도 쓰지 않는 빈방이라고 했다. "그럼 오드레는 어디서 자?" "거실에 있는 소파 베드에서. 거기가 마음이 편하대."

오드레의 방만 그런 것이 아니었다. 형들이 늘 차지하려고 싸웠다는 빛이 드는 방, 각종 스티커로 문을 꾸미는 취미가 있었던 막내가 독립하면서 문도 같이 떼어간 바람에 문이 없는 방, 남자친구가 썼던 가장 구석의 방까지, 이제는 모두 빈방이었다. 하지만 오드레는 모든 것을 그대로 놔두었다. 가구나 책은 물론, 오래된 전자기기와 철 지난 옷까지. 가족의 흔적들로 가득한 집에서 혼자 지낼 오드레의 마음을 헤아려보려다 이내 아득해졌다. 부디 이 흔적들이 그녀를 더 외롭게 만들지 않기를 바랐다.

모두가 잠이 든 늦은 밤, 남자친구가 나를 깨웠다. 보여주고 싶은 장소가 있다는 것이었다. 집 안이니 잠옷을 그대로 입고 있어도 된다며 데려간 곳은 1층의 거실에서 2층의 방들로 이어지는 중간 계단이었다. 꼭 보여주고 싶다던 장소가 계단일 거라 생각을 못 했던 나는 그의 엉뚱함에 웃음이 터져 나왔다. "아! 혹시 이 계단 아래 뭔가가 숨겨져 있나?" "아니. 어렸을 때 이 계단에서 정말 많은 시간을 보냈거든."

사뭇 진지한 얼굴로 남자친구는 이야기를 들려주었다. 어릴 적, 그는 밤이면 밤마다 이 계단에 나와서 앉아 있었다. 엄마와 아빠가 이혼하기 전에는 늘 두 사람이 싸우는 소리에 잠이 깨버렸기 때문이었다. 소리를 따라 방에서 나왔다가도 아버지가 두려워 더 내려가지는 못하고 이곳에 앉아 귀만 기울였다. 아버지의 심한 욕설이 들렸고, 어머니의 울음소리가 이어졌다. "너무 무서운데 그렇다고 다시 방에 들어갈 수도 없었어. 엄마가 집을 나가버릴 것 같다는 생각이 들었거든. 엄마가 나가면 바로 따라가고 싶어서 여기에 계속 앉아 있었어."

그러다 그는 계단에서 잠드는 날이 많았다. 일어나 보면 어느새 방으로 옮겨져 있었다. 아직도 그게 엄마인지 아빠인지 모르겠다며 그는 덤덤한 얼굴로 말을 이어갔다. "그때 스스로에게 약속을 했어. 사랑하는 사람이 생기면 소중하게 여기겠다고. 절대 아버지처럼 되지 않겠다고."

그는 그래서 이 장소를 내게 보여주고 싶던 거였다. 그의 가장 오래된 약속을 나에게 주기 위해서. 설명할 수 없는 감정들이 밀려왔다. 남자친구를 안았다. 계단에 앉아 있었던 이 조그마한 아이에게 상처를 주는 어른만은 되고 싶지 않았다. 우리라고 뭐 그렇게 다를 수는 없을 거였다. 아무리 노력한다 해도 섭섭하고, 짜증나고, 꼴도 보기 싫을 만큼 싸울 일은 생기겠지. 어쩌면 소리를 지르게 될지도 모르겠다. 하지만 지금은 그저 과거로 돌아가서 어린 그를 안아주고 싶다는 생각뿐이었다.

낡은 차가
만들어준 초대.

우리에겐 아주 낡은 중고차가 있다. 차 문이 잠기지 않고, 탈 때마다 보닛을 열고 새어나간 냉각수를 채워줘야 하며, 운전 중에는 여기저기서 삐걱삐걱 소리가 나는, 그야말로 굴러가는 게 신기한 자동차다. 당연하게도 정비소를 제집처럼 드나들게 되었고, 꺼져가던 차의 생명을 매번 되살려주던 마타히 씨가 차에 정이 들어버렸다며 폐차를 할 생각이면 자기에게 팔아달라고 할 정도였다.

하루는 마타히 씨가 남편에게 전화를 걸어와 딸의 생일 파티에 우리를 초대하고 싶다고 했다. 마타히 씨와 딸에 대한 이야기를 나눠본 적이 없어서 조금 뜻밖이긴 했지만, 거

절할 이유가 없었다. 평소에 외출하는 것을 좋아하지 않는 남편도 마타히 씨의 초대라면 당연히 가고 싶다고 했다. 그 후로 만날 때마다 우리에게 저녁 메뉴로 고기가 좋은지 생선이 좋은지, 알레르기는 없는지, 음료는 어떤 걸 마시는지 하나하나 확인하는 마타히 씨를 보며 이런 섬세한 아빠를 가진 아이가 누군지 너무나 부럽고 궁금해졌다.

드디어 기다리던 생일 파티가 열리는 날이었다. 파티 장소로 가려면 어느 방향으로 운전해야 할지 생각하며 차 문을 열었는데 뭔가 텅 비어 있었다. 라디오가 사라져 있었다. 도난이었다. 잠금장치가 고장 난 지 오래여서 무엇이 없어진다 해도 이상한 일은 아니었지만, 역시나 쓸쓸한 기분이 들었다. 섬이라고 해서 딱히 천사 같은 사람들만 사는 것도 아닌데 괜히 그랬다. 라디오가 빠져 허전해진 자리를 보지 않으려 노력하며 시내로 향했다.

파티가 시작됐다. 케이크를 바라보는 아이의 얼굴 가득 숨길 수 없는 기쁨이 차올랐다. 아니 이 표현은 이상하다. 아이는 감정을 숨기려고 한 적이 없으니까. 커다란 테이블을 다 덮을 정도로 많은 케이크를 준비해둔 마타히 씨의 마음에 내 입꼬리가 올라갔다. 초대받은 사람들이 먼저 식사를 하는 동안, 아이는 자꾸만 케이크에 손을 뻗었다. 엄마는 아이의 손을 제지하다가도, 티가 안 나도록 초콜릿을 떼어 입에 넣어주었다.

몇 개 안되는 초에 불을 켜면서도 마타히 씨는 긴장한 표정이었다. 서로 사랑하는 가족을 보자 어쩐지 내가 다 안도감이 들어버렸다. 온기가 퍼지는 기분. 누군가 식당 안의 불을 껐고, 모두 함께 노래를 부르기 시작했다. 아이의 친구들은 물론이고 구멍가게 삼촌, 피자집 이모, 정비소 오빠까지 모두 함께였다. 알고 보니 마타히 씨가 동네에서 부를 수 있는 사람은 전부 다 초대한 거였다. 심지어 파티 내내 노래를 불러줄 가수도 초대했다. 모두가 환호하고 휘파람을 불며 아이의 생일을 축복했다.

그 와중에 정작 주인공은 노래에 아무런 관심이 없었다. 케이크를 향한 집중력이 대단했다. 아이는 잠시라도 눈을 떼면 사라지기라도 할 것처럼 케이크를 뚫어지게 쳐다봤다. 축하의 노래를 들려주기 위해서 아빠와 엄마가 얼마나 많은 전화를 해야 했는지 아이는 아주 나중이 되어서 알게 되겠지만, 오늘은 빨리 케이크의 맛을 보는 것만이 중요해 보였다. 다람쥐처럼 빵빵한 볼로 촛불을 불어 끈 다음, 모두가 케이크를 나누어 먹었다.

돌아오는 길에는 남편과 야시장에 들렀다. 축제 기간에만 잠깐 열리는 곳이라 아쉬운 마음에 매번 핑계를 만든 터였다. 오늘의 핑계는 솜사탕이었다. 이렇게 많은 사람들이 어디 숨어 있었는지, 평소에 적막하기만 했던 섬이 북적북적했다. 사람들은 저마다의 열기로 들떠서 평소보다 큰 목소리로 말을 했다. 취한 사람들도 많았다. 솜사탕을 먹지는 않고 바라보기만 하는 새침한 소녀에게 시선을 빼앗겨 한참을 쳐다봤다. 남편도 나와 같은 생각을 하는 것 같았다. "우리에게도 아이가 생길까?" 그는 고개를 끄덕였다. "무섭지 않아?" 그는 고개를 저었다. "자동차 스피커 떼어가는 사람으로 크면 어떻게 하지?" 그가 하하하 웃으며 말했다. "자동차 고쳐주는 사람이 될 수도 있지. 마타히 씨처럼."

그래. 이 섬에도 다양한 어른들이 있으니까 괜찮겠지. 좋은 사람도 나쁜 사람도, 안심하게 해주는 사람도 불안하게 만드는 사람도 있다. 사소한 일은 사소한 일로 넘기고 지금은 솜사탕을 먹자. 자, 그럼 오늘도 무사히.

시어머니와도
친구가 될 수 있나요? 上

전광판을 확인했다. 나의 시어머니, 오드레가 타고 있을 비행기가 도착하려면 30분 정도가 남아 있었다. 다른 때가 아닌 지금 오는 게 참 다행이라는 생각이 들었다. 저번 집은 스튜디오(라고 쓰면 있어 보이지만 원룸)였다. 그나마 벽이 있는 지금의 집으로 이사를 하지 않았더라면, 오드레는 호텔을 예약해야 될 뻔했다.

커피라도 마시며 기다리자는 남편을 따라 작은 카페로 갔다. 역시 뜨거운 에스프레소만 팔았다. "왜 1년 내내 여름인 곳에서 아이스커피를 안 마실까?" 남편은 대답 대신 볼에 바람을 불어 넣었다. 내가 섬에 산 이래로 100번 정도 반복한 질문이기도 했고, 그가 나고 자랐던 프랑스에서도 아이스커피는 흔치 않기 때문이었다. 그에게 '커피 = 에스프레소'라는 공식은 이상한 것이 아니었다.

"맥주 마실 거지?" 에스프레소를 주문한 그가 나를 보며 말했다. 오전 아홉시였다. 오드레가 들을 리 없는데도 반사적으로 주위를 살폈다. 도착 게이트는 아직 한산했다. "파인애플 주스 주세요." 카페에 앉아 있는 내내 모기에게 신나게 뜯기는 줄도 모르고 그에게 신신당부를 했다. 절대 오드레 앞에서 그런 말 하면 안 된다고, 아침부터 맥주 마시는 사람으로 오해하면 어떻게 하냐고. 히죽히죽 웃기만 하던 그가 말했다. "괜. 찮. 아. 맥주 마시는 게 나쁜 거야? 너네 부모님 오셨을 때처럼 하면 된다니까." 정녕 그때처럼 하란 말인가. 밤늦게까지 잠도 안 자고 소파에 누워서 미드 좀 보다가 맥주를 들고 집을 어슬렁거려도 된다는 말인가. 상상만으로 어깨에 힘이 들어가 자세를 고쳐 앉았다.

오드레가 온다는 연락을 받고는, 먼지 한 톨 없이 깨끗한 집을 만드는 것에만 집중했던 나라는 인간이 원망스러웠다. 선행 학습의 중요성을 잊다니. 하지만 때는 이미 늦었다. 오드레가 도착했다.

저녁 식사를 준비하는 내내 남편은 들떠 있었다. 자글자글 끓고 있는 냄비 옆을 기웃거리고, 오드레가 가져온 음식들로 가득 찬 냉장고를 열었다가 닫기를 반복했다. 미리 만들어둔 불고기, 참치구이와 함께 오드레의 음식을 마저 올리자 식탁에 국경이 생겨났다. 오랜만에 실감이 났다. 우리가 국제결혼을 한 부부라는 것이.

오드레의 국경 쪽에는 고수가 가득했다. 고수라. 이 향긋한 비누 맛의 채소를 나는 적어도 5개 국어로 알고 있었다. 여행하면서 자연스럽게 체득한 말이었다. 이를테면 '부야오 샹차이'라든가 '마이싸이 팍치' 같은. 모두 고수를 넣지 말아달라는 뜻이었다. 한국에서도 좋아하는 사람들은 무척 좋아하던데, 나에겐 익숙해지지 않는 맛이었다. 그래서 보통은 남편의 음식에만 따로 넣어왔다. 부디 남편이 내가 고수를 못 먹는다는 말을 하지 않길 바라며 조심스럽게 젓가락을 들었다. 포크를 든 오드레의 오른손 역시 신중했다. 그녀는 음식을 한 입 먹을 때마다 왼손으로는 엄지를 들어주며 호의를 가득 담은 미소를 보내주었다. 나도 연신 "맛있어요. 정말 맛있어요"라고 말하며 젓가락질을 이어갔다. 고수도 어쩐지 괜찮았다.

사실 맛이 거의 느껴지지 않았다. 혀를 포함한 온몸이 초긴장 상태였다. 웃을 때마다 입가가 뻣뻣한 것이 느껴졌다. 남편은 금세 비워진 앞접시에 양국의 음식을 계속 덜어 먹기 바빴다. 그러던 그가 갑자기 고개를 들고 말했다. "얘 고수 안 먹어." 아니라고, 먹는다고, 손사래를 치는 나를 보고 오드레가 웃음을 터뜨렸다. "사실 나도 이거 처음 먹어본다. 치즈로 만든 거니?" 오드레가 가리킨 것은 두부였다. 콩 우유로 만들어졌다고 하니 건강식이라며 좋아했다. 그리고 반짝이는 눈으로 이것저것 물어봤다. 아마도 호기심보다는 사려 깊음일 것이었다. 대답하는 동안 긴장이 조금씩 풀렸다. 남편은 아직도 접시에 코가 닿을 듯 먹고 있었다. 이 속 편한 남자에게 새삼 미안한 마음이 들었다. 오드레가 가져온 음식은 모두 분명 그가 어릴 때부터 좋아하던 것들이겠지.

식사가 끝나자 오드레가 말했다. "우리는 너무 달라서 알아가는 재미가 있겠구나." 아, 이 따뜻한 말 한마디. 그녀와 나 사이엔 분명 국경이 있지만 이 남자도 있다. 한 남자를 사랑한다는 우리의 공통점은 결코 힘이 약하지 않을 것이다. 새로운 생활이 시작되었다. 한 지붕 아래 40일간의 동거. 예감이 아주 좋다.

시어머니와도
친구가 될 수 있나요? 下

예감이 틀렸다. 완전히 틀렸다. 잘 지낼 수 없을 것만 같다. 거실과 주방의 배치를 다 바꾸고, 남편과 나를 따라다니면서 전등을 끄고, 코드를 뽑고, 세제를 희석해서 쓰는 것까지는 괜찮았다. 그런데 서랍장 깊숙이 넣어둔 고지서들을 어떻게 봤는지 모르겠다. 전기, 수도, 인터넷, 기타 등등의 고지서들. 넓고 넓은 바다 위에 홀로 떠 있는 보라보라섬의 각종 '세'들이 저렴할 리 없었다. 막연하게 짐작만 하고 있던 것을 숫자로 확인한 날, 오드레는 적잖은 충격을 받았다. 매일 아침저녁으로 샤워하는 아들을 나무랐고, 드라이기로 머리를 말리고 있던 내게는 이런 말을 했다. "머리는 일주일에 한 번만

감는 것이 제일 좋다더라." 에어컨은커녕 선풍기도 틀지 않았다. 집 안의 온도가 점점 올라갔다. 땀이 송골송골 맺혔다. 거기까지도 참을 만했다. 다 우리를 위해서 하는 말이리라. 사실 나는 원래도 잘 안 씻었다. 하지만 어느 날 오드레가 질문을 던졌고, 그것은 이곳에선 금기였다.

"이렇게 비싼 인터넷을 꼭 해야겠니?"

많은 친구들이 내가 날마다 바다에 나가 수영을 하고, 물고기를 잡아 저녁을 준비하고, 모닥불 옆에 누워 별을 보는 생활을 하는 줄 안다. 나도 그럴 줄로만 알았다. 하지만 섬에도 그 이상의 현실이 있었다. 일과 사람에 시달리고, 피부색으로 차별을 받고, 수입은 통장을 중간 경유지로 알고 금방 갈아타버린다. 이곳에는 시장도, 극장도, 서점도, 도서관도, 아이스 라테를 파는 카페도 없다. 그 없음을 대신하는 것이 인터넷이었다. 아마존에서 베갯솜을 사고, 드라마를 보고, 전자책으로 독서를 했다. 섬에 산 지 6년 차, 이곳엔 우리보다 오래 산 친구들이 없다. 단조로운 생활과 고립감에 지쳐 모두 떠났기 때문이었다. 그리고 그 자리에 남아 있는 것이 인터넷이었다. 바다 건너에 있는 친구와 영상통화하며 마시는 맥주, 1년에 한 번씩 찾아오는 〈왕좌의 게임〉이 주는 기쁨은 싱그러운 야자수, 바다 수영, 그리고 별자리가 주는 위로에 결코 모자라지 않았다.

그래서 오드레가 인터넷을 끊자고 했을 때 나는 차마 그러자고 할 수가 없었다. 혼자서 며칠을 고민했는지 모르겠다. 일단 인터넷을 끊었다가 그녀가 돌아가고 나면 다시 연결하자는 내게, 남편은 더 괜찮은 방법이 있다고 했다. 그는 아이패드를 켜고 어머니를 불렀다. 옆에 꼭 붙어 앉아서 인터넷을 하는 방법을 알려주었다. 프랑스에 있는 형들과 영상통화 하는 법, 유튜브에서 좋아하는 노래를 찾는 법, 구글에서 궁금한 걸 검색하는 법… 오드레는 집 주소를 입력하면 자신의 집 2층 창가에 심어둔 꽃까지 그대로 보여주는 구글맵과, 외롭다고 말하면 위로해주는 '시리'에 가장 놀랐다('사탄이다!'라는 명언을 남겼다). 건강에 유용한 강연들이 올라오는 사이트를 찾아낸 뒤에는 마침내 마음을 조금 내어주었다. 지금도 오드레는 내 옆에서 '헬리코박터균이 왜 위험한가'에 대한 강연을 보고 있다. 덕분에 인터넷 선은 아직 잘리지 않고 있다. 코드를 다 뽑아도 아이패드는 놔둔다. 어쩌면 예감이 완전히 틀리진 않았을 것이다. 그녀가 프랑스로 돌아가고 나면, 함께 영상통화를 하며 맥주를 마시는 날이 올지도 몰랐다.

남편과 함께 오드레로부터 남편이 어릴 때부터 좋아한 음식들의 레시피를 하나씩 배웠다. 그런데 우리가 만들면 맛이 달랐다. 배운 대로 하는데도 그랬다. 감칠맛이 없었다. 그리고 좁은 부엌에 세 사람이 있으면 금방 더워졌다. 그래서 오드레와 나는 둘이서 종종 산책을 나갔다. 집 바로 뒤편의 숲으로 가서 야자수 아래를 걸었다. 나는 성큼성큼 앞서 걸으며 이런저런 포즈를 취하는 그녀를 카메라에 담았다.

카메라 액정에 나타나는 자신의 모습을 몇 번이나 확인하다, 오드레는 카메라를 들어 나를 찍어주었다. 여러 컷을 찍어주었는데 초점이 다 나가 있었다. 이런 기계를 다루기에 너무 늙었다며 건네준 카메라를 보니, 포커스를 수동으로 맞추도록 되어 있었다. 그래서 남편의 흉내를 냈다. 일단 카메라를 자동으로 맞추고 옆에 꼭 붙었다. "이 버튼을 살짝 누르면 포커스가 자동으로 맞춰져요. 그리고 다시 세게 누르면 선명하게 찍혀요." 그녀는 그렇게 자동 모드로 야자수를 사진에 담았다. 뷰파인더에 눈을 대고 얼굴을 잔뜩 찡그리며.

그리고 마침내 포커스가 맞는 사진을 확인하고 신나했다. 묘한 기분이 들었다. 당신 참 아이 같다….

산책에서 돌아오는 길에 오드레는 요리 교실의 마지막 비법을 알려주었다. 모 브랜드의 치킨 스톡을 넣으라고. 한국으로 치면 다시다였다. 감칠맛의 비결이 MSG라니! 아들에게는 말하지 말아달라고 했다. 우리는 서로의 어깨를 맞대어가며 깔깔 웃었다. 그렇게 둘만 아는 작은 비밀이 생겼다. 어쩌면 우리는 정말 친구가 될 수도 있지 않을까. 다른 음식, 다른 생활 방식, 다른 세대… 이 모든 전달 불가능에도 불구하고 말이다. 내일의 일은 모르겠다.

은하수 아래에서
찜 닭을.

"감자 이리 줘봐." 부엌에서 감자를 썰고 있던 남편이 내 말에 고개를 돌렸다. 각진 모서리를 조금씩 깎아내고 매끈해진 감자를 다시 건네주자 남편이 물었다. "그건 왜 하는 거야?" "요리할 때 감자 조각이 덜 떨어져 나와서 소스 맛이 깔끔해지거든." "필로가 알려준 거야?" 필로는 내가 보라보라 전통 음식을 만들어보고 싶다고 하자 레시피를 제공해준 친구였다. 나는 태연하게 대답했다. "이런 건 기본이지." 남편이 코로 웃었다. 내 말이 농담이라는 것을 알았기 때문이다.

나는 요리를 잘 못했다. 요리는 배고픈 사람이 하는 거라는 남편과 살다 보니 이렇게 되었다(는 핑계고 역시 게을러서 그렇다). 물론 내가 먼저 배고픈 날이 압도적으로 많아서 거의 내가 요리를 했지만, 다행히 내게는 다양한 요리법을 쉽게 알려주시는 대한민국 블로거님들이 계셨다. 끓는 물에 손질한 야채를 막 넣으려는데, 갑자기 픽 하고 온 집 안이 깜깜해졌다. 전기가 나갔다. 또, 나갔다.

결혼 초에는 정전이 되면 먼저 집 안 가득 초를 켜두었다. 산소가 부족해지더라도 낭만을 찾던 시기였다. 지금은 먼저 현관문을 열고 이웃집의 불이 꺼졌는지 확인한다. 꺼져 있으면 마을 전체가 정전이고, 아니라면 전기 요금 내는 걸 까먹은 것이었다. 그랬다면 또 '자동이체로 해두자고 했잖아', '안 돼. 난 은행을 믿지 않아' 같은 대화를 토씨 하나 틀리지 않고 주고받았겠지만, 이날은 온 마을이 어둠 속으로 사라져 있었다. 남편은 머리에 쓰는 랜턴을 두 개 가져와 밴드가 작은 것은 자기가 쓰고 밴드가 큰 건 내게 주었다(자세한 설명은 생략하겠다). 나는 냉동고에 뭐가 들었는지부터 확인했다. 정전이 길어질 상황을 대비해서 녹아버리는 음식을 먼저 먹어야 했다. 다이어트하겠다며 사다 두고 잊은 닭 가슴살이 있었다. "보라보라 전통 음식은 다음에 먹지 뭐."

그렇게 저녁 메뉴가 바뀌었다. 깜깜한 부엌에서 스포트라이트를 받고 있는 닭 가슴살을 블로거님들에게 배운 대로 우유에 담그고 있자니 문득 민망해졌다. "나 이렇게 우유로 잡내를 없앤 거랑 아닌 거랑 구분 못 할 것 같아." 남편은 고개를 끄덕이더니 조금 쑥스럽게 "나도"라고 대답했다. "우리 이거 왜 하는 거야?" 내 말에 남편은 웃으며 말했다. "몰라. 그런데 기분이 좋아져." "그게 뭐야." "왜, 크레페 만들 때 밀가루를 체에 거르거나, 계란 흰자 저어서 머랭 올리고 그럴 때 기분 좋아지지 않아?" 이번에는 내가 고개를 끄덕였다. 남편이 말하는 게 뭔지 알 것 같았다.

완성된 요리는 뒷마당에서 먹기로 했다. 정전이 찾아온 밤에는 별이 더욱 선명해지기 때문이다. "이거야말로 보라보라 전통 음식 아냐? 정전 속에서 요리한 음식." 우리는 간장, 설탕, 고춧가루 그리고 당면이 들어가 누가 봐도 한국의 대표 음식인 찜닭을 보라보라 음식이라 우기며 먹기 시작했다. 반짝이는 별들 사이로 흐르는 은하수를 보며 닭을 뜯고 있자니, 옛날에 어떤 사람들이 은하수를 거대한 짐승의 척추라 믿고 자신들은 그 짐승의 배 속에 살고 있는 거라고 여겼던 이유를 알 것만 같았다.

"거짓말." 남편은 믿지 않았다. "진짜야. 칼 세이건 책에 나온 말인데." 대충 손을 닦고, 기억 속의 그 문장이 나와 있는 책을 찾아와 펼쳤다. 『코스모스』였다. 그런데 아무리 찾아봐도 그런 내용은 나오지 않았고 머리에 쓴 라이트 불빛도 점점 희미해졌다. "뭐야. 역시 그냥 지어낸 거지." "아니야, 정말. 그거 말고도 어떤 사람들은 별을 하늘에 있는 신이 인간을 훔쳐보려고 뚫은 구멍이라고 믿었다는 내용도 있었는데." 남편은 그건 믿을 만하다는 듯 고개를 끄덕였다. 결국 원하는 부분을 찾지는 못했지만 대신 칼 세이건이 아내에게 바친 헌사를 읽어주었다.

"공간의 광막함과 시간의 영겁에서
행성 하나와 찰나의 순간을
앤과 공유할 수 있었음은 나에게는 하나의 기쁨이었다."

오래전 신혼이 지나간 우리에게도 다시 낭만이 타는 냄새가 났다. 그 냄새를 모기떼도 맡았다는 게 문제였다. 다시 찜닭을 먹는 동안 우리는 모기의 엄청난 습격을 받았다. 하지

만 그것이야말로 보라보라 전통 음식에 딱 어울리는 일이었
기 때문에, 그 정도는 모른 척 참고 넘어가기로 했다.

그럭저럭
견딜 만한 일 上

모기떼의 습격을 모른 척 참고 넘어가서는 안 되는 거였다. 뎅기열이나 치쿤구니아 같은 모기가 원인일 거라 말하는 의사를 보며 응급실에 누워 있자니 절로 그런 생각이 들었다. 이른 아침에 보라보라의 진료실에 갔다가, 종합병원이 있는 타히티까지 무려 비행기로 응급 후송되었다. 의사는 잘 삶아진 꽃게처럼 빨간 발진으로 가득한 내 몸을 여기저기 꾹꾹 눌러보더니, 피검사를 비롯해 여러 검사들을 시작하겠다고 했다.

하루 종일 피 뽑고, 고열에 시달리다 약 먹고, 토하고, 근육통에 다시 약 먹고, 또 토하고, 여러 개의 링거를 맞았다.

육체의 한계를 느꼈다. 하지만 그보다도 언어의 한계를 고스란히 느껴야 했다. 담당 의사의 말을 알아듣는 것이 너무 힘들었다. 프랑스인이 분명한 그는 외국인인 나를 위해 불어를 좀 더 느리고 분명하게 발음해주는 친절한 의사였다. 하지만 그가 아무리 느리고 분명하게 말해줘도 애초에 모르는 단어를 알아들을 수는 없는 일이었다. 이를테면 혈소판이라는 단어를 알지도 못하는데 '혀얼-소오-파안-'이라고 말해준다고 어찌 알겠는가. 무례를 무릅쓰고 영어로 질문을 했더니, 조금씩 영어를 섞어서 대답해주다가도 이내 불어로 돌아왔다. 그렇다고 바쁜 그를 잡고 몇 번이나 물어볼 수도 없는 노릇이었다. 사방이 환자였고, 모두가 절박했다. 그의 나라에서 그의 언어로 말하는 그에게는 잘못이 없었다. 하지만 그를 이해하는 것과는 별개로 응급실에 있는 시간이 길어질수록 알아듣지 못하는 단어들이 늘어갔고, 나는 점점 더 고립되었다.

다행스럽게도 열이 내리고 근육통이 사라지자 기운이 좀 났다. 침대에 기대앉아 응급실을 둘러보았다. 지어진 지 오래되지 않은 종합병원이었다. 응급 환자들이 가득 차 있어서 좀 비좁아 보이긴 했지만 무척 깨끗했다. 그때 한 젊은 의사가 차트를 들고 다가왔다. 머리를 뒤로 깔끔하게 올려 묶은 그녀는 내게 불어와 영어 중 더 편한 언어를 물었고, 내가 영어라고 답하자마자 바로 안부를 물었다. "Hello, How do you feel?" 단번에 마음속에 엉켜 있던 매듭이 풀리는 기분이 들었다.

그녀는 내게 좋은 소식이 있다고 했다. 검사 결과에 따르면 수치들이 정상에서 많이 떨어져 있기는 하지만, 입원할 정도로 심각하지는 않기 때문에 바로 퇴원해도 된다는 것이었다. 서두르면 오늘 안에 집에 돌아가는 비행기를 탈 수 있을 거라고도 말해주었다. "이렇게 병원을 오가는 비행깃값은 무료인 거 알죠?" 나는 고개를 끄덕였다. 알고 있었지만 다시 들어도 반가운 소식이었다.

그럭저럭
견딜 만한 일 下

현관문을 열고 집에 들어서자 퇴근한 남편이 기다리고 있었다. 남편을 보자마자 긴장이 풀려서 그런지 다시 통증이 몰려왔다. "힘들어도 뭐 좀 먹고 쉬어." 주방으로 향하는 남편을 보며 겨우 식탁에 앉았다. 하루 종일 한 끼도 먹지 못했다는 것에 생각이 미치자, 문득 따뜻한 닭죽이 떠올랐다. 그런 게 있을 리 없다는 것을 알면서도 입안 가득 진한 닭죽의 맛이 느껴져 침이 고였다.

남편은 식탁 위에 오렌지 주스와 콘플레이크 그리고 바게트 빵이 담긴 쟁반을 내려놓았다. 뿌듯한 얼굴로 "아플 땐 미지근한 주스가 더 좋아"라고 말하는 그를 보고 있자니 웃음이 나왔다. 프랑스에서 아이를 낳았던 친구의 말이 사실이었구나. 출산한 바로 다음 날 첫 식사로 바게트 빵과 오렌지 주스가 나왔다던 말. "이렇게 먹어도 될까?" "콘플레이크라 소화가 잘될 거야." "소화는 죽이 더 잘되지 않을까?" "그게 뭔데?" 죽이 뭔지 영어와 불어를 섞어 설명하다 보니 갑자기 목이 메는 기분이 들었다. 정전도 싫고 모기도 싫고 아픈 것도 싫고 콘플레이크도 싫었다. 엎드려 울고 싶었다. 그렇지만 꾹 참고 그냥 오렌지 주스를 마셨다. 편도선이 부어 따끔따끔했다.

"나 좀 잘게." 내 귀에도 내 목소리가 너무 냉정하게 들려서 조금 놀랐지만 그대로 침대로 갔다. 억지로 눈을 감자, 하나의 생각만이 선명하게 떠올랐다. 나 여기서 뭐 하는 거지. 다른 국적, 다른 언어, 다른 피부색, 다른 종교를 가진 사람과 함께 다른 나라에 살고 있다는 사실이 새삼스럽게 낯설었다. 이제껏 잘 살아놓고선 정말이지 새삼스러웠다.

언제 잠이 들었는지, 눈을 떴을 땐 다음 날이었다. 방문을 열고 거실로 나가자 남편이 식탁에 앉아 있었다. "일어났어? 안 그래도 깨우려고 했는데." 남편은 얼른 주방으로 들어가 그릇에 무언가를 덜어왔다. 흰죽에서 김이 모락모락 올라오고 있었다. "이게 네가 말한 음식 맞아?" 나는 놀라서 고개를 끄덕였다. 살짝 떠먹어보니 고소한 맛이 났다. 식감이 부드러워 목넘김도 편했다.

남편은 내가 그릇을 깨끗이 비우는 걸 기다렸다가 물었다. "괜찮아?" 맛있다고 대답하자 남편이 살짝 웃더니 다시 물었다. "아니 내 말은… 기분 괜찮아졌어?" 따뜻한 말 한마디. 곧바로 죄책감이 들었다. "어제는 내가 미안해." 정말이지 엉뚱한 사람한테 화를 내버렸다. "괜찮아. 너 배고프면 원래 성격 나빠지잖아. 게다가 아팠으니까." "내가 그래?" 남편은 당연한 걸 왜 묻냐는 듯 대답했다. "너도 알잖아? 너 배고프면 진짜 무서워져." 이제 와서 아닌 척할 수는 없을 것 같았다. 남편은 어림잡아도 나와 수천 번의 식사를 함께한 사람이니, 나의 한심함을 그보다 더 잘 알 사람은 없었다.

잔뜩 먹어서 그런지, 타히티에 다녀오며 생겨났던 꿉꿉했던 기분이 다 사라지고 없었다. 민망하고 미안해 말을 돌렸다. "이건 어떻게 만들었어? 레시피 찾아봤어?" 남편은 눈동자를 굴리더니 대답했다. 그리고 그 대답은 끝내주게 섹시했다. "바이타페 근처에 중국 음식점이 있더라고. 거기 가서 물

117

어봤더니 만들어줬어." "중국 음식점이 있다고? 보라보라섬에?"

그날부터 내가 그곳의 단골이 된 것은 당연한 일이었다. 정말이지 낯선 타국에서 맛있는 음식을 먹을 수 있다는 사실만으로 모든 것이 얼마나 나아지는지…. 맛있는 음식 그 자체보다 먹을 때의 상황이나 함께 먹는 사람 그리고 한국 음식과 비슷한 맛이라는 변수들로 인해서 과장된 것이겠지만, 덕분에 나는 빠른 속도로 건강을 회복했다. 건강식이 아님에도 그랬다. 정전도, 모기도, 콘플레이크도, 외국인 남편과 배고프면 무서워지는 나조차도 그럭저럭 다시 견딜 만한 것이 되었다.

세상은 더하고 빼면 남는 게 없는 법이라더니, 보라보라섬이 딱 그런 것 같다. 좋은 점이 있으면 나쁜 점도 있고, 좋은 일이 생기면 어김없이 나쁜 일도 생긴다. 행복하다기엔 만만치 않고, 불행하다기엔 공짜로 누리는 것 투성이다. 깨끗한 공기, 따뜻한 바다, 선명한 은하수….

어디든 더하기만 있거나, 빼기만 있는 곳은 없을 거다. 그건 나도 알고 당신도 알고 우리 모두가 안다. 늘 까먹으니 문제지. 지금 같아서는 된장국에 밥 말아 먹는 더하기 하나를 꼭 받고 싶다. 음식에 대해 쓰고 나니 그 생각뿐이다. 콩이라도 키워야 하나. 내일의 일은 모르겠다.

영화를 사랑하는
세 가지 단계.

또 정전이 찾아온 날이었다. 인터넷이 사라지고 심심한 시
간이 시작되었다. 남편은 파인애플 잎을 더 큰 화분으로 옮
겨 심겠다고 했다. "파인애플이 다시 나려면 얼마나 걸려?"
내 물음에 남편은 손가락 두 개를 펼쳐 들었다. "두 달?" 되
묻는 내게 남편은 고개를 젓더니 웃으며 말해주었다. "아마
한 2년?" 고거 하나 열리는 데 2년이나 걸리다니. 놀라고 말
았다. 현관문에서 부스럭거리는 소리가 들려 문을 여니, 쥬
드가 햇빛에 흔들리는 꽃 그림자를 잡으며 놀고 있었다. 나
른한 시간이었다. 문득 그런 생각이 들었다. 한국에 비해 놀
것도 없고 할 것도 없는 이 섬은 글을 쓰는 데만큼은 최고의

환경일 거라고. 영화를 전공한 내게 글이란 시나리오다. 늘 다시 영화를 시작하라고(그래서 돈 벌어오라고) 말해온 남편과, 내가 뭘 하든 좋아해주는 쥬드에게 선언했다. "나 시나리오를 쓸게."

　남편의 말은 맞았다. 정말 파인애플 잎이 다시 파인애플로 자라나는 데는 몇 년의 시간이 걸렸다. 그리고 나는 그 긴 시간 동안 단 하나의 시나리오도 완성하지 못했다. 처음에는 즐겁게 썼다. 하지만 페이지가 늘어날수록 그럴싸해 보이던 소재들이 재미가 없어졌다. 오랫동안 잊고 있었던 사실이 다시 생각났다. 나는 재능이 없었다. 두려움에 질려 노트북을 껐다.

　"영화를 사랑하는 첫 번째 단계는 같은 영화를 두 번 보는 것이다. 두 번째 단계는 영화에 관한 글을 쓰는 것이다. 그리고 세 번째는 영화를 만드는 것이다. 그 이상은 없다."

　영화를 만드는 사람들의 가슴을 뛰게 하는 프랑수아 트뤼포 감독의 말에 딴지를 걸자는 건 아니지만 내 생각에 영화를 사랑하는 최선의 방법은, 어떤 유혹이 있더라도 결코 영화를 만들려 하지 않고 관객으로 남는 것이다. 나는 영화를 하면서 영화를 싫어하게 되었다. 아니지, 영화가 나를 싫어했다. 그러니까 정직하게 말해보자면 대학을 졸업하면서 영화를 그만둔 것은 내가 아니었다. 영화가 나를 밀쳐냈다. 나는 그저 떠밀려서 다른 세상으로 나왔을 뿐이다. 하지만 인간의 욕심은 끝이 없고, 같은 실수를 반복한다고 하지 않던가. 정신을 차렸을 땐 이미 대한민국의 한 강의실에서 극영화 시나리오 전공 지원자라는 명찰을 달고 구술 면접을 보고 있었다.

면접을 보기 여러 달 전으로 다시 돌아가자. 재능 없음에 대해 토로하던 내게 남편이 말했다. "우리 정도의 나이가 되면 더 이상 재능이라는 말은 쓰면 안 되지 않을까? 재능은 짧은 기간 안에 승부를 내야 하는 일에서는 중요하겠지만, 시나리오를 쓰는 건 다르잖아. 평생이 걸려 하나를 써내도 상관없잖아. 지금의 네가 시나리오를 못 쓰는 건 재능이 없어서가 아니라, 20대부터 꾸준하게 노력하지 않아서야." 가끔 남편은 정말 맞는 말을 한다. 그리고 맞는 말일수록 듣는 사람은 기분이 나쁘다. 남편은 다시 학교에 가는 건 어떠냐고 말했다. "적어도 40대에는 잘 쓰려면 지금부터 노력해야 하지 않겠어? 혼자 하기 힘들면 좋은 선생님들을 찾아가봐." "이 나이에? 바로 들어가도 졸업하면 서른일곱이야." "학교 안 가면 뭐 서른일곱이 안 돼?" 뭐지. 뭔가 이상한데 설득이 되는 이 논리는.

하지만 내가 원한다 한들 학교에 들어가는 건 쉬운 일이 아니었다. 일단 프랑스의 영화 학교는 나이 제한에서 먼저 걸리고, 한국의 영화 학교 역시 절차가 까다롭다. 입시를 치러야 하고, 학비와 생활비를 벌어야 하고, 무엇보다 일단 한국으로 돌아가야 했다. 비행깃값만 해도 적은 돈이 아니었다. 그런데 살다 보면 아주 드물게 그럴 때가 있지 않나. 모든 일이 순풍을 단 듯 흘러가고, 전 우주가 나를 도와줄 때. 이때가 그랬다(지금 생각해보면 이때가 가장 위기였다). 한국에서 전화가 왔다. 〈매트릭스〉를 만든 워쇼스키 감독(들)이 한국에서 촬영하는 동안 일해줄 연출부를 구하니 생각이 있으면 인터뷰를 보라고 했다. 화상 면접도 가능하다고 했다. 일정을 보니 촬영이 끝나는 시기에 딱 맞물려 대학원 입시가 시작되었다. 이게 되면 시험도 보고 돌아올 수 있겠군. 물론 학비도 벌 수 있었다. 인터뷰는 순조로웠고 나는 한국에 갔다. 배우 담당 연출부가 되었다. 워쇼스키 감독 그리고 세계

각지에서 온 배우들, 스태프들과 한 공간에서 촬영을 했다.

그리고 입시가 시작되었다. 포트폴리오를 내고 글쓰기 시험을 봤다. 면접이 이어졌다. 회색 벽이 가득한 곳에 노란 문이 있었다. 문을 열고 들어가니 세 명의 교수가 앉아 있었다. 여러 질문을 받았다. 교수 한 명이 서른다섯은 이 학교에서 많은 나이가 아니라고 했다. 나는 합격했다. 희한할 정도로 행운이 이어졌다. 어쩌면 이번에야말로 영화가 나를 사랑해주지 않을까?

"학생이 쓴 시나리오는 앞으로 30년간 충무로에서 만들어질 일이 없습니다. 사망 선고를 내리겠습니다." 바로 어제 수업에서 들은 피드백이다. 그러니 영화가 나를 사랑해주지 않는다는 것에는 아직 변화가 없는 것 같다. 심지어 더 나빠졌지. 사망 선고라니. 하지만 전처럼 상처가 되지는 않았다.

새롭게 알게 된 사실이 있다. 내가 20대에 영화를 만들지 못한 건, 영화를 너무 사랑했기 때문이었다. 너무 사랑해서 거리 조절이 안 된 거였다. 극장만 가도, 현장에 서 있기만 해도 몸이 바르르 떨렸다. 너무 좋아서, 그래서 더 괴로웠다. 하지만 30대가 되니 모든 것에 조금씩 시큰둥해지고, 영화도 예전만큼 사랑하지는 않게 되었다. 그러고 나니 오히려 편해졌다. 세상의 수많은 일처럼 영화를 만드는 일도 하나의 직업일 뿐이라는 것을 이제는 안다. 그리고 모든 직업이 그러하듯 노력은 필수다. 나의 재능 없음에 대해 전처럼 머리를 쥐어뜯으며 고민하지 않는다. 그럴 시간에 그냥 쓴다. 그렇게 조금씩 나아간다.

누구보다 사랑했고
사랑받았던.

계속해서 비가 내리는 12월. 보라보라섬의 우기였다. 그날
도 비가 왔다. 흐린 하늘과 쌓여가는 빨랫감을 번갈아 보며
이걸 어찌하나 생각하고 있을 때, 세르지오가 왔다. 잔뜩 젖
어서 문 앞에 서 있는 그를 남편이 맞아주었다. 왜 우산을 안
썼느냐는 말에, 그는 양손 가득 안고 온 종이 박스를 가리켰
다. 맥주였다. 세르지오가 종이 박스를 테이블에 내려놓기
무섭게 나와 쥬드가 다가갔다. 나는 맥주를, 쥬드는 종이 박
스를 좋아했다. 테킬라가 들어간 맥주를 집어 들었다. 상큼
한 맛과는 다르게 알코올 도수가 5.9도로 높은 훌륭한 맥주
였다.

우리는 발코니로 나가 서로 별다른 말 없이 맥주를 마셨다. 편안한 정적. 이제는 세르지오가 혼자 우리 집에 오는 것도 익숙해졌다. 베로니카는 세르지오와 이혼을 하자마자 섬생활을 정리하고 프랑스로 돌아갔다. 늘 넷이서 어울렸던 우리는 셋이 되었다. 헤어짐은 여기서도 흔한 일이지만, 그렇다고 공허함이 덜해지는 것은 아니었다. 섬에 남은 세르지오는 내리는 비만큼 자주 우리 집에 왔다. 특별한 일을 하는 것은 아니었다. 밥을 먹고 영화를 보고 각자 할 일을 하다가, 문득 누군가 이야기를 꺼내면 대화가 시작되었다. '세상은 점점 더 좋아지는가 아니면 망해가는가?' 혹은 '닌텐도 게임은 점점 더 재밌어지는가 아니면 그 반대인가?'와 같이 답없는 주제들을 나누며 아무 말 대잔치가 열렸다.

이날도 그랬다. 발코니에 기대거나 해먹에 눕거나 하면서 따로 또 같이 시간을 보내다가, 세르지오가 질문을 했다. "만약 과거로 돌아간다면 뭘 바꾸고 싶어?" 남편은 그에게 되물었다. "너는 어때? 모든 기억을 다 가지고 시간을 되돌아가도 베로니카를 다시 만날 거야?" 세르지오는 조금 웃으며 맥주를 한 모금 마셨다. 그리고 고개를 끄덕였다. "좋은 시간들이 훨씬 많았어. 결과적으로 헤어진다고 해서 그 행복을 포기하지는 않을 것 같은데." 나는 아무 말도 하지 않았지만 얼마 전에 베로니카에게 받았던 메시지가 떠올랐다. 그녀는 자신과 세르지오의 결혼 생활이 실패라고 생각하지 않는다고 했다. 누구보다 사랑했고 사랑받았던 경험은 자신을 성장하게 만들어줬다고 했다. 다만 어째서 이렇게 되어버렸는지 그 이유는 자기도 잘 모르겠다고. 서로 무척 닮은 말을 하는 두 사람을 보며 이상한 기분이 들었다. 정말 사랑에는 유통기한이라는 것이 있는 것일까. 밑도 끝도 없이 억울해졌다. 뭐든 되돌리고 싶었다. 자격도 없으면서 그랬다.

밤이 되어 구름이 걷히고 달이 떠올랐다. 우리는 골목 끝까지 세르지오를 배웅했다. 네온사인 하나 없는 시골이어도 손전등은 필요 없었다. 달빛 아래 모든 것이 선명하게 보였다. 밤바다의 푸른색, 늘어선 야자수, 모래와 자갈이 뒤섞인 바닥, 편안해 보이는 세르지오의 얼굴까지도. 자박자박 발걸음 소리만 들렸다.

쥬드의
마당.

아침에 일어나 가장 먼저 쥬드를 불렀다. 어디에 있는지 오
지 않았다. 마당에서 뛰노는 걸 좋아하는 쥬드가 이 시간에
집 안에 있는 경우는 거의 없었다. 쥬드의 그릇에 밥과 물을
채웠다. 너무 더운 날에는 물에 얼음 조각을 띄웠다. 사료 봉
지를 위아래로 흔들며 부스럭거리는 소리를 내자, 그제야 쥬
드가 나타났다. 흙 묻은 하얀 양말을 신고 미끄러지듯 달려
와 밥 앞에 정확하게 세이프. 그래놓고 멋쩍어하는 것도 잊
지 않았다. 괜히 귀를 긁고, 손발을 핥으며 딴청을 피우고 나
서야 밥을 먹었다. 그릇 가득 사료를 부어도 돌아오지 않을
때는, 냉장고에서 고양이 간식을 꺼내 들고 마당으로 나갔다.

마당의 쥬드는 나비를 쫓아다녔다. 나무를 긁기도 하고 천장에 붙어 있는 도마뱀을 빤히 바라보았다. 꽃에 코를 대고 가만히 있다가 포에 할머니에게 가서 몸을 부비며 애교를 부렸다. 앉은 채로 꾸벅 졸기도 하고, 이웃 고양이 점박이와 놀았다. 가만, 싸웠었나? 아니다. 역시 놀았다. 서로 몸을 숨기고 재빨리 공격해 헤드록을 걸다가도 다시 핥아주곤 했다. 마당의 끝에서 끝까지 우다다다 뛰었다. 그러다 나무 그늘 아래서 까무룩 잠이 들었다.

가끔은 나도 두툼한 천을 가져다가 잠든 쥬드 옆에 깔고 슬쩍 누웠다. 억지로 깨우지 않고 책을 읽으며 기다렸다. 그러면 어김없이 쥬드가 천 위로 올라와 제 몸을 기대었다. 언제나 여름인 이곳에서 거의 유일하게 싫지 않은 온기. 쥬드를 예외로 해주는 건 포에 할머니도 마찬가지였다. 당신의 나무와 꽃을 쥬드에게만은 마음대로 만지게 해주었다. 쥬드가 이만큼이나 건강하게 자란 건 할머니와 할머니의 마당이 함께 키워주었기 때문이었다.

그래서 마침내 이사를 가게 되었을 때, 우리는 모두 쥬드를 걱정했다. 이삿짐을 싸느라고 큰 상자를 몇 개나 꺼내 왔는데도 쥬드가 마당에만 앉아 있으니, 다들 쟤도 뭘 알긴 아는 것 같다고 말했다. 평소라면 상자에 들어가려고 사족을 못 쓰는 고양이였다. 이사하는 날에는 차로 이동하는 내내 처음 듣는 목소리로 울었다. 그리고 결국 새집에 도착하자마자 침대 아래로 숨어버렸다. 아무리 사료 봉지를 부스럭거려도 나오질 않았다.

그때, 무슨 일이 있을 때마다 고양이에게 상황을 다 설명해준다는 친구의 이야기가 생각났다. 나는 바닥에 바짝 엎드려 어둠 속에서 눈만 번뜩이는 쥬드에게 말을 걸었다. 같이 집을 나누어 쓰던 친구들이 다 떠나서, 우리끼리 감당할 수 있는 월셋집을 찾아야 했다고 설명했다. 그러자 거짓말처럼 쥬드가 침대 밑에서 나왔다. 알아들은 걸까. 아니었다. 남편이 뒤에서 고양이 전용 참치 캔을 흔들고 있었다. 참치를 먹어서인지 쥬드는 기운을 차렸다. 그러고는 다시 호기심 어린 눈으로, 풀지 않은 상자 주변을 맴돌다가 냄새를 맡고 손으로 툭툭 건드렸다. 발코니에도 나가고, 계단에도 올라갔다. 시간이 걸리긴 했지만 점점 영역을 넓혀갔다.

새집에서 쥬드는 매일 발코니에 앉아 바다를 본다. 파도인지 구름인지 흘러가는 무언가를 지치지도 않고 바라본다.

콘크리트 계단에 앉아서는 그림자가 길어지는 것을 본다. 그런 쥬드의 뒷모습을 사진으로 담아내며 생각했다. 저를 그렇게나 사랑한다고 말하면서, 태어나고 자란 마당을 아무렇지 않게 떠나오게 만드는, 내 마음이란 것이 무척 시시하다는 걸 들키고 싶지 않다고.

3.
. . . .

어른이 된다는 것

마트에서
일어난 일.

세상의 모든 도시에서 가장 멀리 떨어진 섬답게, 보라보라는 마트에서마저도 물건이 자주 동났다. '오늘은 들어왔겠지' 하는 기대를 품고 갔다가 달걀을 사지 못한 게 벌써 몇 주째 인지 모르겠다. 다이어트에 좋다고 해서 기다렸던 고구마에 대한 희망은 이미 접은 지 오래였다(내가 이래서 다이어트를 못 한다). 처음 섬에 도착했을 때만 해도, 마트에서 장을 보고 나면 하루가 다 갔다. 계란, 토마토, 상추도 없는 마트의 한 쪽 코너를 다 차지하고 있는 와인과 치즈가 웃겨서(좋아서) 오도 가도 못했다. 식료품 코너는 숨은그림찾기 같았다. 난 해한 성분 표시와 알파벳들 사이에 숨어 있는 맛을 포장지의 그림 속에서 찾아내야 했다. 극장이나 패스트푸드점이 없는 건 물론이고 상점 자체가 손에 꼽히는 이곳에서, 마트는 사실상 무언가를 살 수 있는 유일한 곳이었다. 소비는 조심스럽지만 즐겁게 이루어졌다. 가격도, 구비된 물건도 들쭉날쭉해서 사고 싶은 것보다는 살 수 있는 것을 사야 했지만 그건 한국에서도 마찬가지였다.

아직 새로운 언어에도, 처음 보는 화폐에도 적응이 안 되었을 때였다. 마트에서 계산을 해주는 직원의 입장에서 나는 상당히 귀찮은 손님이었을 거다. 금액이 얼마인지 여러 번 반복해서 말해줘야 알아듣고, 지갑 안에서 뒤섞인 동전들을 손바닥에 올려놓고도 한참을 가려내야 하는 어리바리한 외국인. 보다 못한 직원이 직접 동전을 골라 갈 정도였다. 어쩌면 그래서 더욱 내 얼굴을 기억하게 되었는지도 모르겠다. 내가 할 수 있는 건, 인사라도 씩씩하게 건네는 일이었다. 하루는 잔돈을 골라내던 나를 가만히 바라보던 직원이 물었다. "이거 정말 자주 사 가네요?" 그녀의 손에 들려 있는 것은 작은 고추였다. 그녀는 자기가 쓰고 있던 화관을 가리켰다. 빨간 고추들이 꽃과 꽃 사이에 자리 잡고 있었다. 장식용으로만 사용한다고 했다. 그녀는 고추를 입에 넣는 시늉을 하더니 얼굴을 찡그리며 배를 쓰다듬었다. "맞아요. 정말 맵죠." 나는 고개를 끄덕였다.

며칠 후 다시 마트에 들렀고, 또 와인과 치즈 코너에서 한 나절을 헤맸다(3만 원이 넘는 와인에 손이 갔던 아찔한 순간도 있었다). 겨우 빠져나와 계산대 앞에 서 있는데, 지난번 그 직원이 나를 불렀다. 그러면서 하얀 봉지 하나를 꺼내서 내게 주었다. "당신 거예요." 뭔가를 놓고 갔었나 당황해하며 봉지를 열어봤더니, 이전에 샀던 고추가 한가득 들어 있었다. 어안이 벙벙해졌다. 내가 자주 사 가서 따로 팔기 위해 챙겨둔 건가, 아니면 그냥 선물인가. 물어보는 것도 실례가 될 것 같아 그대로 굳어 있었다. 그러자 마트의 직원들이 모두 웃었다. '저거 또 어리바리 저거' 하는 눈빛이었다. 그녀는 봉지 끝을 잡아 살짝 묶더니 내 장바구니에 담아주었다. 그러면서 자신의 집에서 아주 많이 키우고 있다고, 다음에 또 가져다주겠다고 했다. 맙소사. 선물이었다. 고맙다고 말하는 내게 그녀는 천진난만한 얼굴로 눈썹만 까딱거렸다. 나중에 알게 된 사실이지만 눈썹을 까딱이는 건 여기서 '응, 그래그래' 정도의 긍정의 뜻이었다.

마트 밖으로 나와서도 한참을 멍해 있었다. 빨갛게 익은 고추들을 또다시 쳐다봤다. '이 사람들 뭐지? 여기는 정말 천국이었던가?' 가슴이 마구 뛰었다. 물론 얼마 지나지 않아 이곳이 천국이 아님을 증명해주는 사람들을 만나기도 했다. 하지만 그럴 때마다 이날을 생각했다. 이유 없이 상처를 입히는 사람이 있는가 하면, 조건 없는 호의를 베푸는 사람도 있다. 그렇게 생각하자 아무래도 삶의 균형이 맞는 것처럼 느껴졌다.

최근엔 또 마트에서 망고를 샀다가 그다음 날 바로 망고를 한가득 받았다. 섬 어딜 가나 망고나무가 많은데 돈 주고 사 먹지 말라고 했다. 어쩐지 혼나고 있다는 기분도 들었다. 나보다 한참 어려 보이는 그녀의 눈빛에서 우리 할머니가 느껴졌다. '허튼 데 돈 쓰고 다니지 말어, 우리 강아지.' 역시 마트가 최고다(그거 아냐).

언 젠 가
만 나 면 좋 을。

달마다 한 번씩 불현듯 나타나 자신의 존재를 드러내는 녀석이 있다. 바로 생리다. 중학교 때 버스에서 쓰러진 이후로, 생리는 오랫동안 '초대받지 않은 손님'이었다. 정해진 날도 아닌데 불쑥 나타나 이미 집에 잔뜩 있는 생리대를 새로 사게 만든 적은 얼마나 많은지. 여러모로 귀찮고 아프고 번거로웠다. 대학을 졸업할 때까지 그랬다. 그러다 나의 연애 시대가 시작되었고, 그때부터 마음이 백팔십도 달라졌다. 예정일이 지나도록 그분이 나타나지 않으면 괜히 초조해졌다. 식은땀이 났다. 발을 동동 구르며 기다렸다. 설마 하며 약국 앞을 서성거리다가 돌아왔던 적도 있었다. '늦어도 좋아. 나타나기만 해.' 그런 마음으로 생리를 기다렸고, 그렇게 그분은 제날에 곱게 돌아와주는 것만으로도 고마운 존재가 되어갔다. 물론 연애 시대는 곧 끝이 났고 녀석은 다시 귀찮은 존재가 되었다. 그렇게 몇 번의 고마움과 귀찮음을 반복하다가 나는 결혼을 했다.

옆집에서 새벽마다 울음소리가 들렸다. 아이가 태어난 것이었다. 자다 깬 남편과 나는 또래의 부부를 걱정하다가도, 아이의 포도알 같은 눈망울을 생각하며 웃었다. 옆집 부부는 우리와 마주칠 때마다 아이의 울음소리를 미안해했지만, 남편도 나도 전혀 안 들린다고 대답해주었다. 우리의 약속이었다. 그들도 우리 쥬드가 발코니를 넘어가 자신들의 집에서 늘어지게 잠을 자도 예뻐해주는 걸 알고 있었기 때문이었다.

다만 문제는 조금 엉뚱한 곳에 있었다. 아주 작은 동네다보니 소식이 빨리 퍼지는 편인데, 어째서인지 그 아이가 우리 부부의 아이로 잘못 전달이 되어 있었다. 이웃집의 그녀도 나도 프랑스인이 아니라서 헷갈렸나 했더니, 남편은 아마다른 이유가 있을 거라며 나를 흘겨보았다(잠시 정적). 그래, 뭐 한국에서도 임산부로 오해받고 지하철 자리를 양보받은 적이 없었던 건 아니니까. 소식의 '진짜' 주인공인 아이 엄마에게 그 이야기를 해주었더니, 함께 웃을 거라는 내 예상과 달리 그녀는 어쩔 줄 몰라했다. "오, 아니야. 전혀 그렇게 보이지 않는걸." 그녀에게 안겨 있는 아이도 포도알 같은 눈으로 나를 보았다. 아이의 눈은 우리가 미처 보지 못하는 것들을 보는 양 내게 머물러 있었다. 아이를 만지지도, 그렇다고 시선을 떼지도 못하는 내게 그녀는 아이를 건네주었다. 안아보라고 했다. 엉거주춤하게 아이를 안으려는데 그녀가 물었다. "아이를 가질 생각이 있어?" 결혼한 이후로 스스로도 끊임없이 던져왔던 질문이었다.

결혼한 부부에게 아이가 없으면 질문이 많아진다. 그녀처럼 아이를 갖는 것에 대한 '의견'을 물어보는 사람은 드물었고, 대부분이 언제 가질 계획인지 그 '시기'에 대해 물어왔다. 나의 솔직한 답은 '모르겠다'였지만, 그랬다가는 길고 긴 설득을 당해야 했으므로 이렇게 대답했다. "노력하고 있습니다." 거의 모든 사람들이 수긍하는 마법의 답안이었다.

아이를 꼭 가져야 한다는 조언 속에는 선의의 마음이 거의 전부라는 것을 잘 알고 있다. 하지만 가정을 꾸리고 자식을 키우며 사는 삶이, 결혼을 하지 않거나 아이가 없는 사람

들의 삶보다 더 가치 있다고 말하는 사람을 만나면 마음이
복잡해졌다. 우리는 언제쯤 서로를 설득하는 수고 없이, 주
류에서 벗어난다는 불안감 없이, 자신만의 이유로 행복해지
는 어른이 될 수 있을까.

나는 언제나 아이를 갖고 싶다는 마음에 100퍼센트의 확
신이 생기는 날을 기다렸다. 그래야 한다고 생각했다. 하지
만 내게 다가온 것은 확신이 아닌 함정들이었고, 선택은 자
꾸만 더 어려워졌다. 결혼도 그랬지만 세상에 완전한 확신이
드는 일이 있을까 싶다. 사실 마음만 먹으면 금방이라도 아
이가 생길 줄 알았는데 또 그렇지도 않았다.

아직 매달 실망감을 잔뜩 늘어놓는 것으로 '녀석'은 자신
의 존재를 증명하고 있지만, 나는 서운함과 동시에 안도감
을 느끼고 있었다. 녀석은 거의 20년 동안 그대로인데 내 마
음은 계속 달라져왔다. 정중하게 거절하고 싶을 때도, 녀석
이 없는 곳으로 도망가서 살고 싶을 때도, 간절하게 기다렸
을 때도, 만세를 외쳤을 때도 있었다. 이제는 모두 조금씩 애
틋하다. 모두를 실망시키더라도. 나는 내 몫의 행복에 용기
를 들이부어줄 준비가 되어 있다.

따뜻하게
남아 있는 순간들.

영상통화를 하던 친구가 전화기 너머에서 울먹였다. 아무래도 팔자라는 게 있는 것 같다고 했다. 영화 속의 조연들이 어떻게 해도 조연인 것처럼, 자기는 아무리 발버둥쳐도 이렇게 고생하며 살 팔자인 것 같다고 했다. 친구의 눈에 내 삶은 온전하게 행복해 보이는 것 같았다. 나는 친구에게 지난 몇 년간 내게 일어났던 일들을 말해주었다. 친구는 화면에서 사라졌다가 나타나기를 반복하며 한참을 쓰러지듯 울었다. 자기는 정말 몰랐다고, 미안하다고 했다. "아니야. 나야말로 말하지 못해서 미안해."

모두가 말 못 할 사정이 있다. 나도 그렇다. 정신 바짝 차리고 행복해지려고 노력할 뿐이다. 그래서 이 글을 쓰고 있다. 따뜻하게 남아 있는 순간들에 대해서. 그러면 바닥이 꺼질 것 같은 순간이 와도, 침대에서 몸을 일으킬 힘 정도는 낼 수 있을 것 같다. 설거지를 하고 바닥을 쓸고 세탁기를 돌리는 평범한 일을 다시 시작할 수 있을 것 같다. 내일의 일은 모르겠다.

가장 멀리 있는
사람。

'할머니' 하면 가장 먼저 떠오르는 기억은 노래방이다. 할머니가 노래방을 운영했던 사람이기 때문이다. 노래방 카운터에 앉아서 몇 시간씩 드라마를 보던 할머니의 옆모습이 아직도 눈에 선하다. 그때는 코인 노래방도 없고, 어지간한 노래방이 다 시간당 몇 만 원씩 할 때였는데도 할머니는 5천 원을 받았다. 3천 원으로 깎아줄 때도 많았다. 망하기 직전의 허름한 노래방이니 그럴 만도 했다.

막 대학에 들어갔을 때였다. 그때만 해도 수업이나 알바가 없는 날이면 바로 고속버스를 탔다. 고향 집에 내려가기 위해서였다. 버스로 두세 시간이 걸리는 거리였는데도, 친구들은 내가 집에 간다고 하면 학교 앞 원룸이 아닌 진짜 우리 집에 간다는 뜻인 줄 바로 알았다. 그만큼 자주 왔다 갔다 하던 때였다. 하지만 그렇게 내려간 집에는 보통 아무도 없었다. 엄마, 아빠는 밤늦게까지 일했고, 언니와 막내는 각자의 학교에 있었다. 나는 혼자 내 방(언니와 함께 쓰던 방)에 들어가 누가 내 물건 하나에라도 손댔는지 매의 눈으로 관찰하고, 동시에 언니가 새로 산 물건은 다 건드리고서야 할머니의 노래방으로 갔다. 나의 코스였다.

할머니는 코를 골며 졸고 있었다. 테이블에 올려진 먹다 만 계란찜을 보니 점심을 먹고 바로 곯아떨어진 것 같았다. 갑자기 쿵쿵거리는 노래 반주와 탬버린 소리가 시끄럽게 흘러나왔다. 학생 한 명이 방문을 열고 말했다. "할머니, 서비스 좀 넣어주세요." 할머니는 반사적으로 기계에 손을 뻗으면서도 연신 하품을 하다가 나를 발견했다. "워메 워메 우리 강아지 왔냐." 할머니는 벌떡 일어나서 씩씩하게 나를 안아주었다. 됐다. 집에 오길 잘했다. 할머니에게 안길 때마다 늘 같은 생각이 들었다. 지나가던 손님들이 보면 엄청 애틋한 할머니와 손녀로 보였겠지만 아니었다. 딱 거기까지였고,

할머니는 바로 노래방 입구에 달려 있는 텔레비전으로 눈을 돌렸다. 그러니까 그건 할머니의 코스였다.

나는 매번 할머니 옆에 앉아 드라마를 함께 봤다. 할머니는 손을 꼭 모았다가, 답답해서 못 보겠다며 악역에게 욕을 했다가, 또 손을 꼭 모았다. 나는 그런 할머니의 옆모습을 보다가 심심해지면 슬쩍 일어나서 빈방을 돌아다니며 테이블을 닦고 바닥을 쓸었다. 가끔 있는 일이었다. 사실 그보다는 노래를 자주 불렀다. 시간을 10분 정도만 넣어놓고 한두 곡 부르고 나면 막 100분이 더 찍혀 있고 그랬다. 할머니였다. 할머니다웠다. 가끔 할머니와 티격태격하는 것도 서비스 시간 때문이었다. 손님의 부탁에 내가 얼른 달려가 서비스 시간을 누르면, 할머니가 늘 뒤에서 타박했다. "워메 워메 우리 강아지. 팍팍 좀 넣어야?" "할머니 이렇게 장사해서 전기세 낼 돈은 남아?" 할머니는 나야말로 세상 물정을 모른다는 듯 단호하게 답했다. "요래 안 하믄 이 늙은이 있는 데는 생전 오도 안 해."

한번은 냉장고에 음료를 가득 채우다가 걱정스러운 일이 떠올랐다. "할머니 술 팔면 안 되는 거 알지?" 할머니는 억울함과 민망함이 반쯤 섞인 얼굴로 말했다. "거기 냉장고에 봐

봐라. 어디 생전 술이 있냐. 거 멀쩡한 양반들이 저들끼리 슬쩍 사 와. 내가 뭐 어찌 다 알고 쫓아내. 참말로 벼라별 사람들이 다 와야."

할머니는 속에 불나게 왜 그런 말을 하냐며, 콜라나 하나 꺼내오라고 했다. 냉장고 끝에 있는 음료들까지 손을 뻗어 반듯하게 열을 맞추고는, 제일 시원한 걸 건넸다. 할머니가 어디선가 컵을 꺼내오며 말했다. "요거 나랑 반씩 나눠 마시자." 할머니는 삐뚤빼뚤한 글씨로 장부에 콜라라고 썼다. 깡마르고 주름진, 검은 반점들이 여기저기 퍼진 손. 나는 또 '할머니 힘든데 이제 여기 그만하자'라고 말하고 싶어서 목이 다 멜 지경이었지만, 꾹 참았다. 딱히 뾰족한 수도 없으면서 내가 뭐라고. 나는 할머니에게 해준 것도, 해줄 수 있는 것도 없었다. 그걸 누구보다 잘 알고 있는 할머니는 또 괜찮다고 대답할 것이었다. 그렇게 대답할 수밖에 없으니까. 애초에 선택지가 없는 이에게 계속해서 묻는 건 너무 비겁한 일이었다. 그저 괜찮다는 말을 듣고 안심하고 싶은 것뿐이니까. 괜히 할머니가 벗어둔 베레모를 만졌다. 앙고라 털이 부들부들했다.

"이쁘냐?" "이쁘네." "너 해라." "할머니가 써야 이쁘지."

"쓸데없는 소리 할 거면 얼렁 들어가. 드라마나 보게." 할머니는 나를 슬쩍 보더니 계속 말했다. "그래도 나는 여 나와 있으면 숨이 쉬어져야? 집에만 있으면 세상 답답허니께."

내가 표정 관리를 못 하는 걸까, 할머니가 나를 다 아는 걸까. 나는 다시 할머니 옆에 앉았다. 또 드라마를 봤다. 할머니는 이런저런 이야기를 해주었다. 건널목에 비가 와서 벚꽃잎이 벌써 다 떨어지고 가지만 남았다는 이야기, 친구랑 꽃구경을 미리 다녀오다니 운도 좋았다는 이야기, 앙고라 모자를 똑같은 데서 두 개를 샀는데 하나는 영 가짜 같다는 이야기, 물론 틈틈이 텔레비전에서 눈을 치켜뜨고 나오는 악역에 대한 험담도 잊지 않았다.

할머니의 삶에서 여전히 일어나는 귀엽고 소소한 일들, 그러니까 너무 소소해서 시시하기까지한 일들에 대해 들으며 나는 조금씩 용기가 났다. 답도 없는 걱정일랑 그만하고 할머니는 할머니의 행복함으로(어쩐지 할머니 앞에서 행복이란 단어는 너무 촐싹맞아 보이니 취소하고), 할머니는 할머니의 씩씩함으로 씩씩하게 살아갈 것을 믿자.

다큐멘터리를
만드는 방법 上

심심하게만 여겨지는 여름이었다. 가끔 들어오던 일마저 뚝 끊겼을 때였다. 통장 잔고가 빠르게 줄어드는 대신 어마어마하게 많은 시간이 생겼다. 노는 것도 해야 할 일을 미뤄가며 노는 것이 재밌는 법이었다. 삶이 그냥 놀기만 하라고 판을 깔아주니 되레 불안해졌다. 불안함은 무기력함이 좋아하는 꼬리다. 잡히면 우울증이 된다. 꼬리잡기가 시작되기 전에 얼른 옷장 구석에 넣어둔 비디오카메라를 꺼냈다. 영화과를 졸업했으니 뭐라도 찍어보자며 구입했던, 늘 그렇듯 나의 게으름만 다시 증명하고 처박혀버린 그 카메라를. 렌즈에 쌓여 있는 먼지를 털었다. 배터리를 충전하고 마이크를 달았다.

카메라 롤링. 사운드 체크. 모든 것이 작동되었다. 이제, 밖으로 나가자.

남편은 내가 하루 종일 밖에 나가 무얼 찍었는지 궁금해했다. 어떤 사람들을 만났냐고 물어왔지만 답하기 어려웠다. 메모리카드는 길고양이들로 가득 채워지고 있었다. 잘 모르는 사람들에게 카메라를 드는 일이 영 내키지 않았다. 그러던 내게 '방썽'이라는 친구가 찾아왔다. 동네 사람들이 축제를 준비하는 모습을 영상으로 담아달라고 했다. 나도 즐거울 거라고 했다. 그 사람들은 '뷰티풀'하고 '어메이징'하기 때문이란다. "너에게 진짜 보라보라 사람들을 보여줄게." 방썽이 확신에 차서 말했다. 그리고 그의 말은 사실이었다.

여름밤, 바다와 달을 뒤로하고 동네 사람들이 모래 위에 섰다. 반쯤 벗고 다니는 앞집 아이들, 생선과 코코넛을 길에 내놓고 파는 옆집 언니, 흰머리가 예쁜 집주인 아주머니까지. 모두 맨발이었다. 어디선가 빗소리가 났다. 양철 지붕 위로 세차게 쏟아져 내리는 것 같았다. 돌아보니 북소리였다. 사람들은 모래를 밟으며 춤을 추기 시작했다. 양손을 하늘로, 머리로, 입술로 천천히 가져가며 부드럽게 움직였다. 발이 모래에 빠질 듯 빠지지 않았다. 바닥에 내려놓은 카메라를 쓰고 싶어서 손이 저릿저릿했다.

방썽은 동네 사람들이 춤을 추는 내내 가장 앞에 서서 소리를 지르던 사람에게 나를 데려갔다. 책임자였다. 그녀가 모든 안무를 구성하고 가르친다고 했다. 큰 키, 다부진 어깨, 위에서 당겨지고 있기라도 한듯 곧게 세워진 몸에서 팔이 뻗어 나와 내게 악수를 청했다. 긴장이 되었다. 이미 마음으로는 촬영을 마치고 편집을 시작했다. 불어도 잘 못하는 사람한테 촬영을 부탁하면 어쩌냐고, 현지인이 아니니 안 된다고 할까 봐 불안했다. 그렇지만 그녀는 내 손을 꽉 잡고 흔들었다. "얘기 많이 들었어. 와줘서 고마워." 나야말로 영광이라고 대답했다. "축제까지 남은 두 달 동안 잘 부탁해." 두… 두 달이나? 다른 의미로 불안해지기 시작했다. 어쩌나. 그녀는 이미 떠나갔다. 방썽만이 웃고 있었다.

처음엔 다들 부끄러움이 많았다. 카메라가 낯설고, 내가 낯설어 그랬을 것이다. 춤을 출 때는 눈도 깜빡이지 않다가, 음악이 멈추고 내가 다가가면 얼굴을 붉히며 도망가기 바빴다. 아이도 어른도 그랬다. 멀찌감치 떨어져서야 나를 보고 수줍게 손을 흔들어주었다. 나도 낯설었다. 사람도, 언어도, 무엇보다 카메라가 낯설었다. 영화과를 졸업한 건 벌써 10년도 더 된 일이었다. 노출을 맞추느라 버벅대고, 액정에 생긴 선을 없애느라 버벅댔다. 그런 우리는 당연하다는 듯 매일매일 두 달을 만났다. 그렇다고 관계가 갑자기 가까워지거나 하지는 않았다. 다만 볼이 빨개지는 시간이, 도망가기까지의 시간이 조금씩 더디어졌다.

자연스레 사람들은 결과물을 기대하게 되었다. 이렇게 된 거 기록으로만 남기지 말고, 다큐멘터리로 만들어보라고 했다. 다른 동네에 사는 사람들도 나를 만나면 물어왔다. "작업은 잘돼가?" "멋진 다큐멘터리가 나왔으면 좋겠다." "타히티에 유명한 영화제가 있는데." 농담처럼 주고받던 말들이 언제부턴가 사뭇 진지해졌다. 누군가는 나를 감독이라고 부르기 시작했다. "아뇨 아뇨, 무슨 감독이에요." 손사래를 치면서도 기분이 좋았다. 매일 갈 곳이 있다는 것에, 아주 작지만 분명한 소속감이 들었다. 집에 돌아와 카메라에 붙은 모래를 털고, 마이크나 삼각대를 분리해서 제자리에 정리하는 일조차 어떤 위안을 주었다. 어쩌면 진짜 끝내주는 다큐멘터리가 될 수도 있지 않을까? 그러면서도 편집에는 손이 가지 않았다. 계속 미뤘다. 촬영만 했다. 그 마음이 무엇인지 정확하게 알지 못했다.

미루고 미루고 또 미루던 편집을, 더 이상 미룰 수 없게 되어서야 컴퓨터를 켰다. 편집 툴을 돌리고 이것저것 만들기 시작했다. 그리고 하루도 채 지나지 않아 깨달았다. 정말 못 찍었다는 것을. 영상 속 사람들은 여전히 뷰티풀하고 어메이징한데 재미가 없었다. 이건 다큐멘터리는 고사하고 기록이 되기도 힘들 것 같았다. 그래서 그렇게나 편집을 미뤘던 걸까. 촬영만 하는 동안에는, 완성되기 전까지는, 어딘가 특별한 사람으로 존재할 수 있었으니까. 밤이 깊었고 혼자였기 때문에 다행이었다.

다큐멘터리를
만드는 방법 下

아무것도 없던 공터가 무대로 바뀌어 있었다. 춤을 추는 공
간에는 모래가 깔렸고, 기다랗게 줄지어 달린 작은 전구들
이 밤을 밝혔다. 야외 공연이었다. 지정석 티켓을 미리 사두
려는 나를 방썽이 말렸다. 동네 사람들이 앉는 곳은 따로 있
다고 했다. 여행객들로 가득 찬 관객석을 지나가니, 동네 사
람들이 돗자리를 깔고 앉아 있었다. 누워서 자는 갓난아기도
있고, 솜사탕을 나눠 먹는 아이들도 있고, 코코넛에 빨대를
꽂고 주욱 들이켜는 할아버지도 있었다. 공연이 시작된다는
방송이 나오고, 곧 무대와 객석 전체의 불이 꺼졌다. 그리고
나는 카메라를 켰다.

아이가 혼자 스포트라이트를 받으며 앞으로 걸어 나왔다. 그리고 폴리네시아어로 옛날이야기를 들려주었다. 부드럽고 아름다운 발음이 아이의 입에서 흘러나왔다. 나는 딱 세 단어만 알아들을 수 있었다. 요라나, 마루루, 나나. 안녕하세요, 고맙습니다, 안녕히 가세요. 그래도 좋았다. 아이가 뒤로 돌아서 들어가자, 요란한 북소리가 울려 퍼졌다. 지난 두 달 동안 기다려온 순간이었다. 한껏 멋을 낸 사람들이 무대로 뛰어나왔다. 긴장과 설렘이 뒤섞인 얼굴들을 보니 한 명 한 명의 이름이 떠올랐다.

춤이 시작되었다. 손바닥을 하늘로 올리고 어깨를 앞뒤로 흔들자 바닷속을 헤엄치는 상어가, 허리와 골반을 빠르게 흔들며 원을 만들면 수면 위로 뛰어 오르는 물고기 떼가 나타났다. 더 이상 동네 사람들로 보이지 않았다. 관객들은 환호했다. 박수와 휘파람을 보냈다. 누군가는 작은 불꽃 스틱에 불을 붙여 흔들었고, 누군가는 환호성을 질렀다. 그 목소리가 너무 선명해서 미소가 지어졌다. 그리 나쁘지 않은 밤이라고 생각했다.

매일 성실하게 카메라를 든다면, 어쩌면 그렇게 했던 것을 후회하지 않게 해줄 무언가를 담아낼 수 있을지도 모른다. 작가 김연수가 그랬다. '매일 글을 쓴다. 작가가 된다. 이 두 문장 사이에 작가가 되는 비밀이 숨어 있다.' 뭐, 아님 말고. 내일의 일은 모르겠다.

가장 아름다운 것들은
모두 공짜.

대학에 다닐 때의 일이었다. 그날 무언가 살 것이 있었는지,
가스비가 밀렸었는지, 그도 아님 그저 밥값이 떨어졌던 건지
이유는 정확하게 기억이 나지 않는다. 분명한 건 또 잔고가
바닥이 났다는 것이었다. 늘 그랬듯 아빠에게 전화를 했다.
"10만 원만 보내줘." 엄마와 언니는 집이 많이 어려워졌으니
아르바이트를 늘려서 생활비를 충당하라고 했지만, 아빠는
별다른 내색을 하지 않으셨다. 전화 한 통이면 바로 부탁한
돈을 보내주셨다. 쉬웠다.

　그날도 아빠는 알았다고 했다. 핸드폰비나 다른 자동이체
로 돈이 빠져나가기 전에 현금으로 인출해두려고 얼른 은행

에 갔는데, 잔액을 조회하니 7만 원이 있었다. 따로 빠져나간 흔적도 없었다. 아빠가 딱 7만 원을 보낸 것이었다.

7, 행운의 숫자.

믿을 수 없게 시끄러운 세상에서 이 숫자가 뭐 별일일까. 하지만 나는 나의 아빠를 알았다. 돈이 필요할 때만 전화를 거는 딸에게도, 늘 아빠가 지금 가진 돈 전부를 보냈다는 것을 알았다. 그 모자란 숫자를 보내며 행여나 아빠가 스스로를 모자란 사람으로 여겼을까 봐 나는 집에 돌아오는 내내 후회했다. 그게 내가 아빠한테 받았던 마지막 용돈이었다. 친구들과 언제 어른이 되었다고 느꼈는지에 대해 이야기할 때면 나는 늘 이 순간이 떠오른다. 이날 이후라고 완전한 어른이 되었다는 말은 쓰기도 뭣하지만, 어쨌거나 그 전의 나로부터 나는 한 뼘 멀어졌다.

지금의 나는 부모님께 용돈을 드리는 사람이 되었다. 아주 가끔이지만, 결혼을 하면서부터는 그렇게 되었다. 갑자기 효녀가 되었을 리는 없었다. 그냥 분위기가 그렇게 흘러갔다. 집안 어르신들은 명절마다 너네 엄마 아빠 용돈은 얼마나 줬는지, 생일이 되면 뭘 해줄 건지 물어보셨다. 결혼을 했다고 월급이 오르는 것도 아니었는데 그랬다. 일을 할 때마다 따로 모아서 용돈을 드리고 필요하신 것을 사 드렸다. 친정에 갈 때는 옷도 깔끔하게 입었다. 물론 한계가 있었다. 감기와 사랑 다음으로 가난을 숨길 수 없다고 했나.

친구한테 이런 이야기를 했더니 "철들었네. 다 컸다"라는 대답이 돌아왔다. 아니었다. '시집가서 철든 딸' 코스프레를 하고 있다는 것을 스스로는 알고 있었다. 걱정 끼쳐드리고 싶지 않아서라고 하지만, 나는 그저 가족들의 기대를 저버리는 것이 싫었던 것일지도 몰랐다. 기대를 저버리는 것을 두려워하지 않는 사람만이 진짜 인생을 살 수 있다고 그랬는데. 하고 싶은 일보다 해야 하는 일을 선택하는 횟수가 늘어나고 있었다. 행복해지는 일보다 행복해 보이는 일을 선택하고 있는지도 몰랐다. 이런 게 어른이 된다는 것은 아니어야 할 텐데.

요즘 나는 매일같이 해 질 때를 기다린다. 엄마가 좋아하는 분홍색으로 하늘이 물든 날에는 사진을 찍어서 보낸다. 엄마는 그것도 고맙다고 하고, 나는 미안해지고 만다. 가장 아름다운 것들은 모두 공짜라서, 정말 다행이다.

당신의 슬픔을
생각하는 일.

차는 한강을 따라 달렸다. 별 대신 불빛이 대교를 반짝였다. 가로등이 야자수처럼 서 있었다. 소현은 밝지도 어둡지도 않은 얼굴로 운전을 했다. 오랜만에 귀국한 김에 함께 소현의 할머니의 집에 가보기로 했다. 그녀는 날이 다르게 약해지는 할머니와 그런 할머니를 지키고자 하는 자신을 다큐멘터리로 찍고 있다고 했다. 조수석 창문을 내렸더니 차가운 바람이 훅 들어왔다. 겨울의 한국이었다.

소현은 내게 할머니의 사진을 찍어달라고 부탁했다. 고속도로를 따라 한참을 달려 전라남도 화순에 도착했을 땐 늦은 밤이었다. 차에서 촬영 장비를 꺼내 집 안으로 들어갔다. 할머니는 잠결에도 우리를 무척 반겨주셨다. 소현은 나를 소개했다. "할머니 보고 싶다고 저 멀리서 비행기 타고 온 친구야." 할머니는 "오메! 오메!" 하시며 내 등을 두드리셨다. 작고 따뜻한 손. 소현은 이런저런 안부를 나눈 후 "할머니 얼른 주무셔"라고 말했지만, 할머니는 그러고도 한참을 깨어 계셨다. 밥은 먹었는지, 집은 춥지 않은지, 이불은 충분한지 계속 궁금해하시다가, 이불을 한 번 더 가득 안아다가 건네주시고는 다시 잠자리에 드셨다.

소현은 작업을 하다가 자겠다며 컴퓨터를 켰다. 2년 넘게 작업해온 영상들이 모니터에 나란히 떠올랐다. "한번 볼래?"

약간의 두려움을 안고 소현 옆에 앉았다. 곧 화면에서 두 사람의 목소리가 흘러나왔다. "왜 죽을라 그랬어. 할머니 죽으믄 나도 못 본디 괜찮애?" "이제 요만치나 컸응게 괜찮애야." 몇 년 전, 소현은 아흔셋의 할머니가 자살 시도를 했다는 소식을 듣고, 그길로 화순에 내려갔다. 어렸을 때 할머니 손에서 남다른 사랑을 받으며 컸던 소현은, 그 뒤로도 틈만 나면 화순과 서울을 오가다가 마침내 그 시간들을 카메라로 기록하기 시작했다. 다큐멘터리를 통해 자신이 할머니를 얼마나 사랑하는지, 또 할머니의 삶이 얼마나 아름다운지 전한다면 할머니가 살고 싶어질 거라 믿었다. "이쁘지도 않은 할매를 찍어갖고 어따가 내놓을래." 화면 속의 할머니는 소현에게 이걸 왜 찍는지 자꾸 물어보았지만, 말과는 달리 흐뭇하게 웃고 계셨다. 소현은 점점 쇠약해지는 할머니를 가장 가까이에서 지켜보면서 식사를 거르지 않도록 돕고, 영양제를 맞혀드리기도 하면서 회복시키는 데 온 정성을 쏟았지만, 소현의 어머니는 생각이 달랐다. 자꾸 애써서 그 시간을 늘리지 말라고 했다. 이대로 편히 가시도록 해야 한다고. "니가 없는 나머지 시간은 어쩌냐 그 말이야." 소현은 그런 어머니와 처음으로 크게 부딪쳤고, 그 모습도 영상 속에 그대로 담겨 있었다. 하지만 영상이 후반부에 이를수록 소현은 자신의 마음만큼 어머니의 마음도 사랑이라는 것을 조심스레 받아들이고 있었다.

다음 날, 할머니가 대문을 여는 소리에 잠에서 깼다. 나는 카메라를 들고 나와 멀리 서서 할머니의 뒷모습을 카메라에 담았다. 할머니는 누군가를 기다리는 것처럼 자꾸 대문 밖을 내다보셨다. 마당에 난 꽃들을 한참 들여다보시더니 조금 웃으셨다. 그리고 나를 발견하자마자 말하셨다. "밥 먹어야 지."

하루를 시작해야 할 시간이었다. 소현도 할머니를 따라 분주해졌다. 소현은 할머니를 모시고 집 근처의 식당에 갔다. 귀가 잘 안 들리는 할머니를 위해 여러 번 반복해서 큰 소리로 말했다. 그리고 우리는 동네 슈퍼에서 할머니가 좋아하는 막걸리와 아이스크림을 사 가지고 집에 돌아왔다. 소현은 낮잠을 자려는 할머니의 얼굴을 가만히 들여다보다가 옆에 같이 누웠다. 한 베개를 베었다. 할머니를 안았다. 할머니는 '할매한테 늙은 냄새가 난다'고 했고 소현은 안 난다고 했다. 그것도 아주 크게 말했다. 누워 있는 두 사람을 보며 소현이 용감하다는 생각을 했다. 가장 사랑하는 사람의 슬픔에서 한순간도 눈을 떼지 않고 전속력으로 달려가 안아줄 수 있는 사람이라니.

스무 살에서 스물다섯 살이 되더니, 이제는 서른보다 마흔이 가까워졌다. 해가 바뀔 때마다 새삼스럽게 호들갑을 떨게 된다. 내가 언제 이 나이가 되었지. 그때마다 잊고 있었던 것은, 내가 나이 드는 만큼 부모님도 나이가 들어간다는 것이었다. 부모님의 부모님은 말할 것도 없었다. 어른이 된다는 것은 어쩌면 그런 의미일지도 모르겠다. 우리가 함께 보낼 수 있는 시간이 얼마 남지 않았다는 걸 깨닫는 일, 그리고 사랑하는 마음을 전달 가능한 태도로 표현하는 일. 아마 자주 짜증이 나고, 상처를 주고받으며, 반복해서 실패하겠지만, 그 일을 계속 시도하지 않는다면 우리는 끝내 서로를 제대로 볼 수 없을지도 모른다.

소현은 할머니를 안은 채로 잠이 들었다. 나도 그 옆에 누웠다. 등이 따뜻해지며 온돌 냄새가 났다. 금세 잠이 들었다. 그리고 소현은 얼마 뒤 〈할머니의 먼 집〉이라는 제목으로 다큐멘터리를 개봉했다.

발이 큰
여자들.

아이슬란드에 간다는 말에 엄마는 신발을 하나 꺼내 왔다. "거 가면 추울 텐데 이거나 가져가." 새하얀 어그 부츠였다. 나는 고개를 저었다. "한 번도 안 신은 거야. 그거 새거야." 엄마는 내가 헌 신이라서 안 신을까 얼른 말을 덧붙였다. "엄마 신어. 예쁘구만." 내 대답에 이번에는 엄마가 고개를 저었다. 신을 일 없다는 말에도 엄마는 내 가방을 찾아 신발을 넣어주었다.

이 신발을 안 챙겼으면 어쩔 뻔했을까. 이가 딱딱 부딪힐 만큼 추운 아이슬란드에서 발의 체온을 유지해주는 신발은 정말이지 필수였다. 내내 신고 다녔다. 핸드폰으로 가족들에게 여행 사진을 보냈더니, 언니가 단번에 알아보고 답장이 왔다. '엄마가 때 탈까 봐 아까워서 못 신으시더니 너한테 갔구나….' 그때부터 자주 신발을 내려다보게 되었다.

차로 며칠을 달리자 마침내 얼음으로 뒤덮인 바다가 그 모습을 드러냈다. 빙하 지대였다. 차에서 내릴 때 스카치를 챙겼다. 나와 친구는 떠내려온 빙하 조각을 주워 스카치에 띄워 마시기로 했다. 말하는 것만으로도 속이 시원해지는 계획이었다. 그런데 빙하를 가까이서 보려면 경사가 급한 흙길을 내려가야 했다. 비가 내려 축축해진 진흙탕에 신발이 푹푹 빠졌다. 부츠가 더러워질 때마다 엄마가 신경 쓰였다. 엉거주춤 내려가는 내게 친구는 겁이 많아졌다고 했다.

코앞에서 본 빙하는 상상처럼 투명한 에메랄드빛이 아니었다. 검은 모래가 덕지덕지 달라붙어 있었다. 게다가 바다에 가까워질수록 살을 도려낼 듯 불어대는 강풍에 스카치를 더 차갑게 만들고 싶지는 않아졌다. 그냥 쭈그리고 앉아서 미지근한 스카치를 마셨다. 엉덩이가 시려웠다. 아, 내 계획은 이런 게 아니었는데.

자꾸 눈앞의 웅장한 빙하보다 더러워진 신발에 눈이 갔

다. 그러고 보니 엄마랑 나랑 발 사이즈가 같았던가. 한 번도 사 드린 적이 없어 몰랐다. 아니 궁금해본 적도 없었다. 엄마는 내 발사이즈를 알았을까···. 아마도 내 발이 더 이상 자라지 않을 때까지, 내 모든 신발 사이즈를 알았을 테지.

그러고 보면 엄마와 딸의 관계는 너무 불공평하다. 사는 동안 한 번이라도 엄마가 나를 사랑하는 것보다 내가 엄마를 사랑하는 마음이 더 커지는 날이 올까. 모르겠다. 빙하를 보는데 자꾸 엄마 생각만 났다. 돌아가면 새 신을 사드려야지. 정말 이상한 일이다. 멀어져야만 되레 애틋해지는 관계라니.

이거
먹을래? 上

난기류가 예상되므로 사인이 꺼질 때까지 안전벨트를 매달라는 안내 방송이 흘러나왔다. 바로 목덜미에 힘이 들어갔다. 눈을 감고 깊게 숨을 쉬었다. 비행기가 가장 안전한 교통수단이라는 것을 머리로는 알았지만, 한 번 비상착륙을 겪은 이후로는 몸이 먼저 경직되었다. 한 가지 위안은, 이 난기류를 버티고 나면 곧 도쿄에 사는 승주를 볼 수 있다는 사실이었다. 보라보라섬에는 한국으로 바로 가는 직항이 없어서 일본을 경유해야만 했는데, 스탑오버가 가능했다. 핸드폰의 비행 모드를 해제하고, 출발 전 승주에게 받은 문자를 읽어보았다. [너무 긴장하지 말구 푹 자믄서 와. 안 흔들릴 겨. 곧 보자.] 승주의 목소리가 떠올라 조금 웃음이 났다.

　예정된 시간에 나리타 공항에 도착했다. 보라보라섬보다 열아홉 시간이나 빠른 일본의 시차에 맞춰 손목시계를 감았다. 순식간에 하루가 지나갔다. 핸드폰은 스스로 달라진 시간대를 찾아 알아서 시간이 바뀌어 있었다.

　입국 심사 카운터 직원에게 여권을 내밀며 "곤니찌와"라고 말하자, 그는 "안녕하세요"라고 답했다. 오랜만에 들어보는 한국어였다. 입국 심사를 받을 때마다 어떤 표정을 지어야 할지 몰라 난감하다. 나는 당신의 나라에서 짧게 머물며 라멘과 생맥주나 먹다가 돌아갈 준법정신이 투철한 여행자라는 것을 전하려면 역시 살짝 미소를 짓고 있는 것이 좋을까? 직원은 여권을 열더니 진지한 표정으로 내 얼굴과 여권을 번갈아가며 보았다. 역시 사진과 실물이 너무 다른가. 나는 목젖으로 겨우 붙잡고 있던 말을 결국 뱉을 수밖에 없었다. "저 맞아요." 다행히 직원은 아무런 질문도 하지 않고 스탬프를 찍어주었다.

　수화물을 찾는 데는 30분도 채 걸리지 않았다. 바삐 빠져나가는 사람들을 따라 덩달아 마음이 급해져 서둘러 게이트를 나왔다. 공기가 차가웠다. 겨울이었다. 나는 아직 1년 내내 여름인 보라보라섬을 떠날 때의 반팔 티셔츠 차림 그대로였다. 캐리어를 열어 겨울 코트를 꺼내 입고 두꺼운 목도리를 목과 머리에 둘렀다. 하루만에 계절이 달라지는 건 몇 번을 경험해도 신기한 일이었다.

승주가 알려준 대로 일단 신주쿠까지 가는 차표를 끊었다. 표에 적힌 자리를 찾아 앉으니 곧 열차가 출발한다는 안내가 나왔다. 창밖의 풍경이 숲과 들판에서 도시로 빠르게 바뀌어갔다. 열차의 무료 인터넷을 연결하니, 승주에게 문자가 와 있었다. 신주쿠에 도착하는 시간에 맞추어 역에서 기다리고 있겠다는 내용이었다. 문득 우리가 몇 년째 친구인지 궁금해져 손가락으로 세어보다 말았다. 내 삶에서 승주를 모르던 시간보다 알고 지낸 시간이 더 길었다. 열차의 속도가 점점 느려지고, 창밖으로 승주가 보였다.

승주는 일단 집으로 가서 좀 쉬자고 했다. 현관문을 열자 희미하게 나무 냄새가 났다. 거실에서 작은 창을 통해 주방이 보이는 귀여운 집이었다. 거실에 앉아 조근조근 이야기를 나누다 보니 어느새 졸렸다. 승주는 침대에 있는 전기장판을 켜주며 좀 자라고 했다. 일어났을 땐 이미 밤이었다. 거실에서 텔레비전 소리가 들렸다. 멍하니 일어나 거실로 가려다가 유리창 앞에 섰다. 멀리 건물들이 밀집된 틈에서 빨간 빛을 반짝이는 도쿄타워가 보였다. 이게 승주가 매일 바라보는 풍경이구나. 일본에 왔다는 것이 실감이 났다.

내가 일어나는 소리를 들었는지 승주가 미닫이문을 열고 물었다. "푸딩이랑 계란 샌드위치 사다놨어. 지금 먹을래?"

도쿄에서 지내는 동안 제일 많이 들었던 말에 순위를 매겨보면 '아리가또 고자이마스'에 이어 '이거 먹을래?'가 오를 것이었다. 비슷한 말로는 '이거 먹어', '뭐 먹을까?'가 있겠다. 그렇게 승주는 내게 자꾸 뭘 먹이고 싶어했다. 이를테면 편의점이나 마트 또는 백화점에 나갔다가, 푸딩이나 명란을 파는 코너를 볼 때, 슈크림 가게를 지날 때, 승주가 남편과 함께 연 야키니쿠 가게에서 고기를 구워줄 때. 물론 하나같이 내가 좋아하는 것들이었다.

그중에서도 특히 비장한 표정으로 물었던 때는, 키치죠지를 걷다가 사람들이 길게 줄을 선 것을 봤을 때였다. 멘치카츠(고기와 다진 양파를 치댄 뒤 빵가루를 입혀 튀긴 음식)로 명성이 자자한 곳이라고 했다. 이번엔 내가 승주에게 물었다. "너 괜찮겠어?" 아무래도 줄이 길다는 것이 걱정스러웠다. 승주가 첫아기를 임신하고 있었기 때문이었다. "응. 여기 진짜 맛있어. 한 입 딱 베어 물면, 육즙이 장난 아니야." 손을 휘저으며 맛을 설명하는 승주의 모습에 웃음이 나왔다. 함께 줄을 섰다. 일본인들이 가장 많았지만 여행자들도 많아 보였다. 일본어와 중국어, 한국어, 또 영어 소리까지 시끌벅적한 와중에 승주의 목소리가 더 선명하게 들렸다. 따뜻한 저음. 가장 오랜 친구인 만큼 승주의 목소리는 아주 어릴 적부터 들어와서, 듣다 보면 기분이 편안해졌다. 덕분에 줄은 금방 줄어들었고, 멘치카츠는 승주 것 하나, 내 것 하나, 그리고 승주의 남편 것까지 세 개를 포장해서 집으로 가져왔다.

지금에 와서는 사실 멘치카츠의 맛이 잘 기억나지 않는다. 승주의 말대로 육즙이 장난 아니었다는 것은 분명하다. 하지만 멘치카츠의 맛보다 훨씬 생생한 건, 승주와 같이 기치죠지를 걷고, 줄을 서고, 집으로 돌아오는 내내 뭐든 더 먹이고 싶어서 자꾸 먹을 거냐고 물어오던 승주의 따뜻한 목소리다.

이 거
먹을래? 下

사실 승주를 만나면 어떻게 말을 꺼내야 할지 내내 고민하던 것이 있었다. 지난 몇 달간 나에게 왜 이런 일이 일어난 건지 이해가 안 돼서 엉망이 되어버린 시간을 보냈다. 그럴 때면 내 이야기를 들어주는 승주를 떠올리는 것만으로 힘이 되었다. 만나자마자 울면 어떻게 하지. 울지 말자. 혼자서 몇 번이나 마음을 다잡았다. 그런데 승주도 내게 전하고 싶은 소식이 있었다. 너무나 좋은 일이라는 것이 다른 점이었지만.

일본에 도착하고 조금 지나 승주는 내게 그 소식을 말해주었다. "나 임신했어, 태봉아." 승주도 나와 비슷한 시기에 결혼해서 오래 아이가 없었다. 승주의 손을 꽉 잡았다. "어, 너 안 울어? 너 완전 울 줄 알았는데." 웃음이 났다. 그렇게 선명한 행복을 느껴보는 건 정말 오랜만이었다. 다른 사람도 아니고 승주였다. "축하해."

　바로 한국에서 육아 전문 서적을 주문해 선물했다. 평소에 과일을 좋아하지 않는 승주지만 일어나자마자 함께 과일을 먹고, 외출해서는 거리에 쏟아져 나오는 사람들과 부딪히지 않도록 한 손으로는 승주를 잡고 다른 한 손으로는 방어를 했다. 승주는 진짜 오버 좀 하지 말라며 웃었다. 해가 지면 불이 켜지기 시작하는 예쁜 집들 사이를 꼭 붙어 걸었다.

　나의 슬픔을 말하는 것보다, 승주의 기쁨에 대해 더 듣고 싶은 날들이 이어졌다. 일주일도 안되는 짧은 휴가였다. 물론 가끔은 섬에서부터 따라온 고민들이 떠올랐다. 특히 승주와 함께 일본어만 나오는 텔레비전을 볼 때나, 불 끄고 누워서 자려고 노력할 때는 그런 생각들을 떨쳐내기가 더 어려웠다. 부끄럽지만 승주의 행복에 집중하기 위해서 때때로 노력이 필요했다. 같은 풍경을 보면서 전혀 다른 생각을 하지 않기 위한 노력. 이렇게 오랜 친구 사이에서도 완전한 축복이란 불가능한 것일까? 그럴 때마다 스스로가 무척 시시하게 느껴졌다. 하지만 나는 나를 알았다. 내가 나보다 친구의 행복을 위해 노력하는 것 자체도 드문 일이라서, 이런 마음을 가능하게 해준 승주에게 고마웠다. 곰돌이 젤리처럼 생긴 아이의 초음파 사진을 보여주는, 그러면서도 나 먹일 걸 더 챙기는 승주. 우리의 오랜 관계가 시간의 부식을 이겨낼 수 있었던 것은 승주라서 가능한 일이었다. 내일도 예쁜 말만 나누자고 다짐하면서 다시 텔레비전을 보고, 잠이 들었다.

야경을 보려고 롯폰기 힐스에 갔다. 높은 층에 올라가면 도쿄가 한눈에 들어오는 명소라고 했다. 북적이는 사람들 사이에 한 남자가 앉아 있었다. 관광객들로 가득한 곳에서 생활의 무게가 느껴지는 정장 차림의 중년 남자는 눈에 띄었다. 뒷모습이 쓸쓸해서 한참을 바라보다가, 이런 풍경을 보며 쉬려는 마음이 있는 사람이라면 괜찮은 사람이지 않을까 하는 생각이 들었다. 어쩌면 그저 데이트를 기다리던 중인지도 모를 일인데, 주제넘게 내 마음을 투영했다.

휴일의 정의를 찾아보니 '일반적으로 일을 쉬는 날'이라고 한다. 그럼 나처럼 직장이 없는 만년 구직자는 어쩌지 하는 생각을 잠시 해보았다. 하지만 승주와 함께 보낸 도쿄에서의 며칠도 내게는 분명 휴일이었다. 과분한 휴일이었다. 지쳐 있던 마음이 그곳에서 분명하게 쉬었으니까. 어디로 여행을 가는지, 얼마나 오래가는지보다 내게 큰 영향을 미치는 건 언제나 함께하는 사람이다.

그곳은 목적지가
아니었을지도 몰라.

처음 그곳을 알게된 건 서울의 시끄러운 지하철 안에서였다.
친구가 자기 교수님의 작품이라며 보여줬는데, 보라색과 주
황색의 실크 원단이 바람에 휘날리고 있는 사진이었다. 원단
색이 이쁘다는 내게 친구가 무슨 소리냐며 웃었다. "앤텔로
프라는 협곡이야. 미국 서부에 있는데, 여기 들어가서 사진
을 찍으면 이렇게 색이 죽이게 나온대." 다시 보니 돌이었다.
엄청나게 큰 돌이 빛을 받아 다채로운 색으로 일렁이고 있
었다. 순간 덜컹거리던 지하철 소리가 사라졌다. 사방이 고
요해졌다. 그리고 얼마 전, 외가 식구들과 함께 떠난 미국 여
행에서 다시 그곳을 만났다.

새벽같이 도시를 빠져나온 12인승 렌터카는 고속도로를 따라 빠르게 질주했다. 덕분에 어른들의 허리가 뻐근해지기 전에 목적지인 앤텔로프 협곡에 도착했다. 이른 시간임에도 차들이 빼곡하게 주차되어 있어 놀랐다. 인디언 부족인 나바호족의 가이드 없이는 출입이 제한되는 지역이었기 때문이었다. 다양한 언어를 쓰는 관광객들이 예약 순서에 따라 팀을 이뤄 자신들의 가이드를 기다리고 있었다.

곧 우리 가족도 대열에 합류했다. 그때부터는 어린이날에 놀이 기구를 타는 것과 비슷한 시간을 보냈다. 지금부터 대기 한 시간입니다. 여기서부터 30분입니다…. "여기 이렇게 사람 많은 거 알았니?" 둘째 이모가 별 뜻 없이 물었지만, 어째서인지 이곳에 사람이 많은 것이 내 잘못처럼 느껴졌다. 무엇보다 뜨겁고 건조한 태양 아래 가족들이 서 있는 것을 보니 죄책감이 들었다. 농담을 던지고, 물을 나눠 마시고, 사진을 찍어주다 보니 마침내 우리의 가이드가 다가왔다. "자, 이제 앤텔로프 협곡 아래로 내려갑시다. 계단이 무척 가파르니 가족들에게 조심하라고 말해줘요."

협곡의 바닥에 가까워질수록 공기가 시원해졌다. 먼저 내려간 큰이모부의 작은 탄성이 들려왔다. 바로 뒤이어 울리는 막내 이모의 웃음소리. 그것만으로 나는 홀가분해지는 기분이었다. 햇빛이 우리와 함께 오랜 시간의 틈을 비집고 내려와 여러 색으로 쪼개지고 있었다. 계단을 유독 무서워하던 둘째 이모까지 바닥에 모두 도착하자, 가이드가 설명을 시작했다. "이곳은 잃어버린 가축을 찾아 헤매던 어린 인디언 소녀가 우연히 발견한 곳이에요. 이 앞의 길은 한두 사람만 겨우 지나갈 만큼 좁으니 앞선 팀이 다 지나간 후에 이동할게요." 다시 기다림이었다. 계단 위쪽에서 소리가 들렸다. 다음 팀이 벌써 내려오고 있었다.

우리는 가이드를 따라 일렬로 서서 협곡 안으로 걸어 들어갔다. 고운 머릿결처럼 보이는 곡선들은 아주 오랜 시간 동안 빗물이 세차게 흐르며 깎아낸 것이라고 했다. 따로 통역이 필요 없었다. 보는 순간 누구나 느낄 수 있었다. 이미 침식, 풍화, 사암 같은 단어들이 가족들에게서 나오고 있었다. 가이드는 씽긋 웃더니 내 카메라를 가져가 사진이 잘 나오는 색온도로 조작해주고는 다시 설명을 이어갔다.

한 발 한 발 나아가는 엄마의 발자국을 따라 걷다가 위를 올려다보면 색이 계속해서 달라져 있었다. 노랬다가 붉었다가 푸르스름했다. 아름다웠다. 하지만 그 빛깔의 변화를 만끽하는 일은 쉽지 않았다. 하필 사진을 찍는 일에 열중하는 앞 팀과, 빠른 이동을 원하는 다음 팀 사이에 우리가 끼어버리는 바람에 상황이 복잡해졌다. 앞 팀의 가이드는 "여기서 찍어보세요.""이 돌의 이름이 말이죠.""이 필터로 찍으면 잘 나와요"라고 설명하는데, 뒤 팀의 가이드는 "움직여요", "앞쪽으로", "사진은 사진일 뿐입니다!"라고 외쳤다. 사람들에게 떠밀려 가는 좁은 통로가 계속되자 둘째 이모는 답답함을 호소했다. "갇혀 있는 느낌이야. 더 안 봐도 좋으니까, 빨리 나가고 싶어."

앤텔로프 협곡. 환상의 빛이 있는 곳. 가족들과 함께 수천 킬로미터나 떨어진 이곳으로 여행을 오는 데는 적지 않은 준비가 필요했다. 계획을 세워야 했고, 일정을 조율해야 했고, 무엇보다 경비를 모아야 했다. 지금 이곳을 걷고 있는 다른 여행자들도 모두 그랬듯이. 그렇다면 그들은 예상했을까? 기대로 가득한 곳을 실제로 여행한다는 것이 어떤지를. 나는 잘 몰랐던 것 같다. 당이 떨어졌는지 발이 후들거렸다. 황홀하게 휘어지는 갈색 돌을 빠져나가면서도 그저 신기루처럼 느껴졌다. 침대에 누워 초코 케이크나 먹었으면 좋겠다고 생각했다.

　무사히 협곡을 나와 다시 차를 탔다. 다음 목적지까지 또 한참을 달려야 한다고 했다. 이제 쉬고 싶어 하는 어른들과 하나라도 더 보여드리고 싶어 하는 우리 사이에 작은 실랑이가 있었다. 부모와 함께하는 여행은 자식의 마음과 부모의 체력 사이에서 합의점을 찾는 일일지도 몰랐다. 결국 다수결에 따라 숙소에 가기로 결정되자, 막내 이모부가 웃으며 말했다. "집 떠나면 개고생이여. 시원하게 소주나 한잔 허게." 모두가 웃었다.

　숙소로 가는 길에 비포장도로가 나왔다. 차가 흔들릴 때마다 뒤에서 여행 가방들이 부딪히는 소리가 났다. 나는 몸을 돌려 차 안을 둘러보았다. 엄마가 살짝 고개를 들었다 다시 의자에 몸을 기댔을 뿐, 모두 미동도 없이 깊은 잠에 빠져 있었다. 차창 밖으로는 끝없이 이국의 풍경이 지나갔다. 쨍한 하늘과 들판 너머로 기묘한 돌산이 나타났다 사라졌다. 문득, 가장 낯선 풍경은 바로 이 차 안에 있다는 생각이 들었다. 꾸벅꾸벅 함께 졸고 있는 외가 식구들이라니. 우리 엄마와 이모들, 이모부들 그리고 사촌들이 다 같이 미 서부의 도로를 달리고 있다는 것이 새삼 믿기지 않았다. 한참을 보고 있으니 엄마가 물었다. "아가, 뭐 줘?" 나는 고개를 저었다. "아니야." 엄마는 내 대답을 들었으면서도 아이스박스에서 포도를 꺼냈다. "이거 먹어." "아니라니깐." "그럼 물 줄까?" 나는 물을 들어 보이며 말했다. "그냥 신기해서 보는 거야." "뭐가." "우리가 다 여기 있는 게."

대화 소리에 깬 사촌이 엄마에게 말했다. "그러고 보니 이모 이렇게 태연이랑 24시간 붙어 있는 거 오랜만이죠?" 엄마는 아무 대답도 없이 있다가 갑자기 눈가를 쓱쓱 닦아냈다. 사촌이 헛기침을 해서 옆을 보니 그도 울고 있었다. "…왜 울어?" "몰라. 그냥 눈물이 나." 덕분에 웃음이 터졌다. 사촌과 엄마는 한참 동안 조용했다. 나는 다시 창밖을 바라보았다. 다들 자고 있어서 다행이었다.

모든 여행에는 여행자가 미처 알지 못했던 숨겨진 목적지가 있다는 말을 무척 좋아한다. 앤텔로프 협곡을 기점으로 이번 여행의 숨겨진 목적지는 장소가 아닌 사람, 곧 함께 여행하는 가족들이라는 것을 알게 되었다. 모두 조금씩 용기를 내주었던 것 같다. 우리는 점차 더 길고, 더 깊은 대화를 나누기 시작했다. 가끔은 미웠고, 피곤했고, 자주 막막했다. 하지만 도시에서 도시로 이동하는 시간이나, 유명 관광지에 들어가려고 기다리는 시간이 전처럼 지루하지는 않게 되었다.

의외로 엄마와의 대화가 제일 새로웠다. 대화를 하면 할수록 한 가지 생각이 더 분명해졌다. 나는 엄마를 몰랐다. 물론 엄마도 나를 몰랐다. 이제는 엄마를 안심시키기보다, 진짜 나를 보여주고 싶다는 생각이 들었다. 그러니까, 엄마와 친구가 되고 싶었다.

새로운 땅이어서 그랬을까. 모르겠다. 다만 내가 솔직해질수록 엄마는 더 당황했다. 말을 돌리기도 했고, 상처받은 표정이 되기도 했다. 이 정도의 속도라면 엄마는 곧 진짜 내가 누구인지 알게 될 것이다. 그건 곧 내가 엄마의 기대를 저버린다는 뜻이고, 엄마가 내게 무척 실망할 것이란 뜻이기도 하다. 하지만 무언가를 진짜로 쌓아가려면 일단은 허물어야 한다. 그래서 나는 조금은 슬프고 무척 기쁜 마음으로 엄마가 내게 실망할 그날을 기다린다.

가장 가까이 있는
사람.

첫 조카 우현이의 돌이었다. 일어나자마자 핸드폰을 켰다가,
메시지를 보고 한참을 멍하게 앉아 있었다. "왜 그래?" 남편
이 걱정스러운 듯 물었다. 아마 한 번도 말해본 적 없을 영어
단어가 입가에 어색하게 맴돌았다. Died, Passed away, Death.
　결국 나는 바보같이 되물었다. "우리 보라보라섬에 살기
로 했을 때, 내가 뭘 제일 걱정했었는지… 생각나?" 남편의
얼굴이 단번에 어두워졌다. 그도 기억하고 있었다. 가족의
부고를 듣는 일이었다. 직항이 없는 건 물론이고 경유 편도
며칠에 하나씩 있는 먼 곳에서 그것만큼 두려운 일은 없어
보였다.

[태연아 할머니 돌아가셨다.]

하지만 정작 이 메시지를 봤을 때, 두려움이나 슬픔보다 다른 감정이 먼저 들었다. 안도감이었다. 인정하고 싶지 않지만 그랬다. 바로 그 기분에 나는 멍해졌던 것이었다.

할머니 장례식에 가야겠다는 생각이 들었지만, 그럴 돈도 시간도 충분치 않았다. 티켓을 알아보니 무리해서 가장 빠른 비행 편을 탄다고 해도 장례가 끝나기 전에 도착하기는 힘들어 보였다. 안 가겠다고 말했다. 그는 곤란한 얼굴로 재차 물었다. "괜찮겠어?" "나중에 후회하지 않겠어?" "정말 괜찮아?" 괜찮다고 대답할 때마다 점점 더 괜찮지 않아졌다. 남편은 어디든 나가서 바람이라도 쐬고 오라고 했지만, 할머니 장례식에 가지 않기로 결정하고 나자 섬에서도 갈 수 있는 곳이 사라졌다.

할머니의 몸에서 암이 발견된 건 벌써 여러 해 전이었다. 암세포가 다 사라졌다고 했다가 아니라고 했다가, 나날이 회복하고 있다고 했다가 아무래도 이번 달을 넘기긴 어려울 거라고 했다가, 요양원에 간다고 했다가 그냥 집에서 모신다고 했다가, 엄마가 간병을 한다고 했다가 작은아빠였다가 또

막냇동생으로. 할머니에 대한 소식은 번번이 달라졌다. 그러는 동안 모두 조금씩은 지쳐서, 할머니보다 할머니를 돌보는 가족들이 더 걱정될 때가 많아졌다. 그런 생각은 늘 내 속에 어떤 물 자국을 남겼는데, 멀리 살다 보니 그마저도 금방 금방 말랐다.

보라보라섬은 시간이 한없이 느리게 가는 곳이다. 그 점을 늘 사랑했지만, 상황이 이렇게 되고 나니 견디기가 힘들었다. 내 밑바닥에서 다 말랐다고 생각했던 물 자국들이 미끄덩한 물때로 남아, 계속 할머니에게로 미끄러졌다. 책을 펼쳤다가, 외장하드에 영화도 뒤적여보고, 남편의 닌텐도도 켜봤다. 이리저리 자세를 바꿔가며 잠을 자려고도 해봤다. 모두 실패했다. 시간이 전혀 가질 않았다. 문자가 올 때마다 깜짝 놀랐다. 집이 너무 조용했다. 언니 아니면 엄마였다. 슬픔이 죄책감에게 괜찮으냐고 물었다. 나는 자꾸 못 가서 미안하다고만 했다.

언니는 말했다. "아냐 잘했어. 나도 우현이 보느라 정신없어." "아, 맞다. 우현이 돌이었는데." 통통한 볼이 떠올랐다. 우현이가 있어서 다행이었다. 그 뒤 장례가 다 끝날 때까지 무슨 일을 했었는지 잘 기억나지 않는다. 뭐라도 해보려고 했었던 것 같고, 잠만 잤었던 것 같기도 하다. 그러는 동안에도 아빠에게 보내둔 메시지에는 계속 답이 없었다. 아빠는 아빠의 엄마를 잃었다.

시간은 여전히 느렸지만 그래도 착실하게 흘러갔다. 나는 다시 밖에 나가기 시작했다. 일부러 일을 만들어서라도 나갔다. 퇴근하면서는 괜히 마트에 들러서 필요도 없는 세제를 사고, 다 먹지도 못할 저녁을 만든 후 부산하게 설거지를 했다. 눈이 무거워질 때까지 오븐이나 타일 바닥 같은 걸 닦고는 했는데, 점점 잠드는 데 걸리는 시간이 짧아졌다.

그래도 남편이 늘 먼저 자고 있었다. 새근새근 잘 잤다. 이 사람은 어떻게 이렇게 멀쩡하지? 순간적으로 열불이 날 때도 있었지만, 좀 치사한 마음이란 걸 알았다. 내가 몇 번이고 괜찮다고 말했으니까. 우리는 타인이고, 내 가족은 그의 가족이 아니었다. 남편과 나에게 할머니의 무게가 똑같지 않다는 당연한 사실을 상기할 때마다, 나는 거리감과 안도감을 동시에 느꼈다.

[아빠는 막내작은아빠와 등심에 소주한잔 했다. 하루쉬고

할아버지할머니 산소에 다시 다녀올라한다. 보혜사 성령님과 함께하는… 언제나 감사와 기도로 생활하고 후회업는 오늘이 되길.]

띄어쓰기와 맞춤법에서 술 냄새를 풍기면서도, '홀리함'을 잊지 않는 아빠의 메시지를 받고서 조금 웃었다. 그리고 문득 할머니에게 인사를 하지 않았다는 걸 깨달았다. 인터넷에 검색해보니, 생전에 좋아하시던 음식을 두고 나름의 제사를 올리면 괜찮을 것 같았다. 그런데 할머니가 좋아하던 음식이 하나도 생각이 안 났다. 정말이지 하나도. 겨우겨우 떠올린 건 보라보라섬에서는 구할 수 없는 냉면이나 떡 같은 것이었다. 결국 자포자기하는 마음으로, 콜라 한 캔과 도수가 낮은 맥주 한 캔을 사 들고 혼자 바다로 갔다.

차마 뭔가 소리를 내서 말하거나 절을 하는 건 쑥쓰러워서, 그냥 사람이 없는 곳을 찾아 대충 자리를 잡고 앉아 노트를 꺼냈다. '할머니'라고 쓰고, 제일 처음 써진 단어는 '미안해'였다. 눈물이 후두둑 떨어졌다. 어른이 되고 나서 나는 한 번도 할머니가 필요한 적이 없었다. 아마 할머니는 어른이 된 내가 필요했을 텐데, 그 마음을 제대로 헤아리려 한 적이 없었다. 나는 언제나 달아나고 싶었고, 끝내는 성공했다. 그래놓고 사과를 하면 안 되는 거였다. 할머니가 용서해줄 걸 알고 있기 때문이었다. 할머니는 언제나 용서했으니까. 늘 그랬으니까. 끝맺음까지 이기적인 말만 쓰긴 그래서 하나 덧붙였다. '아빠는 내가 많이 사랑할게.'

편지를 태울까 하다가 그냥 두기로 했다. 어쩐지 할머니가 볼 수 있을 것 같았다. 이제 어디에도 있고, 어디에도 없으니까. 할머니가 어느 때보다 가깝게 느껴졌다.

4。
· · · · · · · ·

심심한 건 꽤 좋은 일

그러니까 완전히 망한 건
아니지 않아?

누군가 들어본 적도 없는 외딴섬에 산다고 하면 사람들은 무엇을 가장 궁금해할까. 내 경우에 가장 많이 받았던 질문은 이랬다. "섬에 몇 명이나 살아요?", "섬은 얼마나 커요?" 한국인이든 외국인이든 국적에 상관없이 인구밀도와 면적을 물었다. 지금에야 "한 만 명 정도 사는 것 같아요", "면적은 30제곱킬로미터쯤 될걸요"라고 익숙하게 대답하지만 처음엔 나도 잘 몰랐다. 도리어 그게 왜 궁금한지가 궁금했다. 별로 할 말 없는 사람들끼리 "오늘 너무 덥죠"라고 날씨 얘기를 하는 것과 비슷한 마음이지 않을까 생각했는데, 남편은 자기도 여행 가기 전에 늘 비슷한 걸 찾아본다고 했다. 미지의 공간일수록 객관적인 숫자를 보면 뭔가 손에 잡히는 느낌이 든다고.

　그다음으로 많이 받았던 질문은 직업에 관한 것들이었다. 거기서 무슨 일을 하는지, 그 일 해서 먹고살 만한지. 처음 만나는 사람에게 대학이나 나이, 직업 같은 것을 묻지 않는 걸 당연하게 여기는 사람들과 지내와서 그런지 당황스럽기도 했지만, 지금은 그게 가능한 호기심이라고 받아들이게 되었다. 특이한 곳에 사는 사람들이니 어떤 일로 생계를 유지하는지 궁금할 것 같았다. 물론 이해한다고 해서 그 질문이 옳다는 것은 아니지만.

　우리 부부가 가장 최근까지 함께 가졌던 직업은 피자 가게 주인이다. 남편의 오랜 꿈이었다. 자기 손으로 직접 반죽을 하고, 토핑을 올리고, 피자를 굽고 싶어 했다. 불로소득을 꿈꾸는 나와는 다르게, 땀 흘려 버는 돈에 대한 로망이 있었단다. 그렇게 시작된 피자 가게는 2년이 채 지나기도 전에 망해버렸다. 정확히 설명하자면, 망해가던 중에 건물주가 바뀌면서 우리도 함께 나오게 되었다. 늘 즉흥적으로 살아온 우리로서도 꽤나 갑작스러운 폐업이었다.

피자집을 정리하면서 남편은 유독 한 사람을 마음에 걸려
했다. 단골 할아버지였다. 그는 자주 오픈하는 시간보다도
먼저 나타나 피자집 간판에 기대 서서 우리를 기다렸다. 셔
터를 올리고 나면 늘 앉던 자리에 앉았다. 지정석이나 다름
없었다. 어깨까지 내려오는 흰머리에 샛노란 수영복 바지를
입고, 발끝에 아슬아슬하게 걸쳐진 슬리퍼를 까닥거리는 할
아버지를 보면 파도를 타는 서퍼가 떠올랐다. 물론 할아버지
는 서퍼가 아니었다. 그에게는 직업이 없었다. 집도 없었다.
노숙자라고 했다. 남편은 그가 올 때마다 값을 받지 않고 피
자를 만들어주고 있었다.

할아버지는 늘 손가락 하나를 들어 나를 부르고, 뚱한 얼
굴로 피자와 음료만 주문했다. 흔한 안부 인사도 없었다. 내
가 "봉쥬르! 싸 바?" 하고 인사를 건네도, 무표정하게 고개
만 끄덕일 뿐이었다. 가끔은 그에게서 참기 힘든 냄새가 났
다. 그럴 때면 다른 손님이 없어서 다행이라는 생각까지 들
었다. 주방에 있는 남편에게 할아버지의 주문을 전달하면,
남편은 값이 없는 피자를 정성을 다해 만들었다. 나도 매번
할아버지에게 친절하게 대했지만, 어디까지나 의식적으로
그렇게 한 것이지 진심이 아니었다. 사실은 그가 싫었다. 공

짜 피자를 하루 걸러 하루 먹어서도, 냄새가 나서도 아니었다. 그가 우리에게 너무나 퉁명스러웠기 때문이다.

그런데 폐업을 앞두고도 속없이 할아버지부터 걱정하는 남편을 보자니 결국 터지고 말았다. "그 사람 정말 싫어. 우리는 항상 친절하게 대하는데 우리한테 왜 그래? 무례하고 못된 캐릭터야." 남편은 실망스러운 표정을 숨기려고 노력하는 것 같았다. 물론 그는 실패했다. 한참이나 자신의 마음을 정확하게 표현해줄 단어를 고르는 남편을 보고 있자니, 친구 스위치를 켜고 말했어야 한다는 생각이 들었지만 때는 이미 늦었다. "그래, 올랑드는 정말 친절하지 않지. 그가 편한 캐릭터가 아니라는 건 나도 알아. 나도 화날 때가 있는걸. 하지만 우리가 피자 하나 굽는데 그 사람의 성격이 필요해? 중요한 건 그가 하루 종일 굶었다는 거잖아."

눈물이 핑 돌았다. 하나하나 다 맞는 말이라 더 부끄러웠다. 할아버지 이름이 올랑드였구나. 그대로 사라지고 싶었다 (물론 현실에서는 이렇게 바로 반성하지 못했고, 너는 대체 누구 편이냐고 시비를 걸었다는 것을 밝힌다).

올랑드 할아버지가 마지막으로 피자집에 온 건, 가게가

완전히 문을 닫기 며칠 전이었다. 평소와 다르게 늦은 밤이었다. 남편은 혼자 마감을 하고 있었다. 곧 가게를 정리한다는 소식을 전하는 남편에게 올랑드 할아버지는 주방 안에 보이는 노트북을 테이블로 가져올 수 있느냐고 물었다. 여기까지 듣고 나는 "설마 노트북 달래?"라고 반응했다(죄송합니다. 사람은 갑자기 바뀌지 않잖아요). 아니었다. 올랑드 할아버지는 남편에게 밥 딜런의 노래를 들려달라고 했다. 그렇게 두 남자는 곧 문을 닫게 될 피자집에 나란히 앉아, 한참 동안 밥 딜런의 음악을 들었다.

집에 돌아온 남편에게 이 이야기를 들으며, 나는 처음으로 피자집이 완전히 망한 건 아니라는 생각을 했다. 그러거나 말거나 피자집은 허무할 만큼 금방 정리가 되었고, 만나는 사람마다 망해서 어쩌냐고 걱정해주었지만… 뭐, 별 수 있나? 밥 딜런의 목소리를 듣는 두 사람의 밤을 떠올려보려고 아직까지도 무진장 노력할 뿐이다.

우 리 만 아 는
농 담。

디에고를 생각할 때 가장 먼저 떠오르는 것은 다름 아닌 그
의 뒷모습이다. 조그마한 주방에 서서 파스타를 위한 육수가
끓기를 기다리며 토마토를 으깨던 그의 뒷모습. 디에고와 처
음 가까워진 공간이 주방이라 그럴지도 모르겠다. 그는 요리
하는 것을 좋아해서 주방에 있는 시간이 많았고, 우리 부부
는 요리에 서툴러서 주방에 있는 시간이 많았다. 우리는 기
구가 거의 없는 작은 주방에서 칼이나 가위를 들고 여러 조
리법에 대해 이야기를 나누었다. 주로 디에고가 말하고 우리
가 들었다. 칼 잡는 법, 양파 써는 법, 마늘 껍질 빨리 까는 법
을 모두 그에게 배웠다. 디에고는 우리와 주방을 공유했던,

첫 하우스메이트였다.

　다 같이 파스타를 먹기로 한 어느 날이었다. 면을 삶으려고 올려둔 물이 한참을 기다려도 끓어오르지 않았다. 불이 약한가 보려는데, 디에고가 냄비 안에 손가락을 집어넣었다. 말릴 틈도 없이 쓱 넣더니 쓱 꺼냈다. 그러고는 너무 뜨겁다며 손을 아래위로 흔들며 팔짝 뛰었다. 남편은 서둘러 냉동고에서 얼음을 꺼내 왔다. "위험하게 왜 그랬어?" 손으로 얼음을 만지작거리던 그가 대답했다. "얼마나 뜨거운지 궁금해서…." 정적이 흘렀다. 요리왕 디에고가 저런 아슬아슬한 행동을 하다니.

　그날 결국 우리가 파스타를 먹었는지 먹지 않았는지 지금에 와서는 전혀 기억이 나지 않는다. 모두가 조금씩 놀라고 그다지 납득하지 못했던 것만 기억이 난다. 희한한 건 시간이 흐를수록, 그러니까 우리가 더 친해질수록 이 일이 우리 안에서 점점 더 웃긴 기억이 되어갔다는 사실이다. 나중에는 누구 하나가 물만 끓여도 다 함께 걷잡을 수 없이 웃는 지경이 되어버렸다. 한 명이 물을 끓이다 웃으면, 다른 한 명이 지나가다가 "아, 뜨거운 물!" 하며 따라 웃게 되어버리는 것이다. 남들이 듣기엔 너무나 시답잖은, 우리만 아는 농담이었다.

언제나 여름인 곳에 우리의 집이 있었다. 그리고 그 집에는 에어컨이 없는 대신 바로 앞에 바다가 있었다. 우리는 매일같이 바다에 갔다. 가끔은 다 함께 맥주를 마시기도 했지만, 주로 따로 떨어져서 각자 놀았다. 나는 책을 읽고 남편은 수영을 했다. 디에고는 일광욕을 했다. 곧 보라보라섬에 놀러 오는 여자친구에게 섹시한 모습을 보여줘야 한다며 구릿빛 피부를 만드는 데 열심이었다.

우리는 그 후로도 꽤 오랫동안 바다에 함께 나갔다. 디에고의 여자친구가 놀러 왔을 때, 그 여자친구가 돌아가자마자 디에고를 찼을 때, 그래서 디에고가 텅 비어버렸을 때, 나와 남편이 시청에서 결혼 서약을 했을 때, 이렇게는 못 산다고 엉엉 울다가 어이없게 화해했을 때… 그 모든 때에 서로가 있었다. 같이 사는 시간이 길어질수록 가끔은 서로가 미웠고 때로는 서로를 견뎠다. 하지만 디에고가 부모님의 바람대로 섬을 떠나 스페인으로 돌아가던 날, 우리는 모두 울었다. 한 집에 산다는 것은 그런 거였다. 서로의 멋진 모습과 추한 모습을 가장 가까이서 나누는 것.

벌써 디에고를 못 본 지 여러 해가 지났다. 많은 것들이 달
라졌다. 나와 남편은 두 번이나 이사를 했고, 디에고는 새로
운 사랑을 시작했다. 보라보라를 떠난 다음 해, 디에고에게
엽서가 왔다. 우리도 엽서를 보냈다. 지금은 페이스북 메시
지도 잘 남기지 않는다. 서로의 사진에 가끔가다 '좋아요'를
눌러줄 뿐. 하지만 별 걱정은 하지 않는다. 우리가 아무리 먼
훗날 다시 만난다 해도, 우리에게는 우리만 아는 농담이 있
기 때문이다.

가족의
탄생。

전화벨 소리에 눈을 떴다. 막내였다. 목소리에 졸음이 묻어
났다. "조촌동에 있는 숍으로 열시까지 와." 하품 소리가 들
렸다. 나도 덩달아 하품을 했다. 몸이 아직 보라보라의 시간
대를 살고 있었다. 시차 적응이 점점 오래 걸리는 건 몸이 노
화하고 있는 증거랬는데…. 침대에서 나오자마자 커튼을 걷
었다. 비가 내리지 않아 다행이었다. 서둘러 씻고 카메라를
챙겨 집을 나섰다. 그런데 몇 걸음 못 가고 다시 돌아왔다.
충전하려고 꽂아둔 배터리를 깜빡했다. 자꾸 깜빡깜빡하는
것도 노화의 증거 아닌가…. 현관문 앞에 서서 빼먹은 게 더
없는지 생각해봤다. 카메라, 배터리, 지갑… 아 맞다 한복!

택시를 타고 가면서 카메라를 켜보았다. 충전은 잘 되었는지, 메모리는 충분한지 확인했다. 하루 종일 따라다니며 사진을 찍어주기로 했는데 문제가 생기면 큰일이었다. 나의 노화는 변명이 될 수 없는 중요한 하루였다. 괜히 긴장이 돼서 창문을 열었다. 따뜻한 공기가 들어왔다. 봄이다. 막내가 장가가는 봄.

막내의 결혼식에 가려고 한국에 들어왔다고 하니, 친구가 "남매가 사이좋네"라고 말했지만 그건 아니었다. 그렇다고 또 사이가 안 좋은건 아니었지만, 서로 별 관심이 없달까. 보라보라섬에서 며칠씩 걸려 집에 왔을 때 받아본 가장 격한 환영은 "(현관문을 열어주며)어, 너 왔냐?"였다. 게임한다고 문 앞에 세워둔 적도 있었다. 나도 잘한 건 없었다. 막내가 사귀는 사람이 있다고 했을 때는 '주제에 연애도 하는구나'라고 생각했고, 결혼하고 싶다고 했을 때는 귀한 집 아가씨한테 무슨 민폐냐고 다그쳤다. 그러고 보니 우리는 정말 서로에 대해 아는 게 거의 없다.

웨딩숍에 도착하니 사람들이 정신없이 움직이고 있었다. 머리를 곱게 말아 올린 신부가 웨딩드레스를 손으로 올려

잡고 내 옆을 총총총 지나갔다. "누나!" 돌아보니 막내가 있었다. 메이크업을 받은 얼굴에 어울리지 않는 운동복을 입고 있었다. 신부는 어딨냐고 물었더니 안쪽을 가리켰다. 머리카락에 롤을 가득 달고도 사랑스러운 신부가 거울 앞에 앉아 있었다. "잘 잤어? 시집가는 기분이 어때?" 신부는 아직도 실감이 안 난다며 웃었다. 막내는 연신 하품을 했다. "잠 못 잤어?" 내 물음에 막내는 고개를 저었다. "아니? 엄-청 푹 잤는데?" 그럼 그렇지. 결혼식이라고 긴장할 인간이 아니었다. 신부에게 다시 물어봤다. "정말 괜찮겠니, 이 결혼? 아직 늦지 않았어."

가까운 까페에 가서 커피를 사 왔다. 두 사람은 각각 턱시도와 웨딩드레스로 갈아입고 있었다. 그때부터였나. 우리가 쉴 틈 없이 바빠지기 시작한 것이. 커피 맛도 제대로 못 보고 식장으로 이동했다. 나도 한복으로 갈아입고 하객들에게 인사를 했다. 사진을 찍고, 축의금을 정리하고, 식권을 나눠 드렸다. 정작 결혼식은 볼 시간이 없었다.

그날 밤, 한복을 정리하고 엄마 머리에 가득한 실핀을 뽑아준 뒤, 그제야 배가 고파져서 주방에 갔다. 냉장고에서 반찬을 꺼내는데, 식탁 유리 밑에 뭔가가 끼워져 있었다. 옛날 사진이었다. 노란색 유치원복을 입은 막내가 핫도그를 입에 물고서는 바보처럼 웃고 있었다.

무언가 먹먹해져서 막내에게 문자를 보냈다. 평소와는 다르게 진심을 듬뿍 담아서 축하 인사를 전했다. 문자라기보다는 편지에 가까운 장문의 글이었다. 답은 무척 빨리 왔다.

[ㅇㅇ ㅋㅋㅋㅋㅋㅋㅋ]

그럼 그렇지. 눈물이 쏙 들어갔다.

아직은 우리,
행복을 놓지 말자.

여행에서 돌아온 마농과 오랜만에 만나기로 했다. 그녀는
내가 올 때까지 수영을 하고 있겠다고 했다. 보라보라섬의
따뜻한 바다가 너무 그리웠다며 호탕하게 웃었다. 듣는 사
람까지 덩달아 호랑이 기운이 솟아나게 하는 웃음소리는 여
전했다.

　마농과는 동네 체육관에서 처음 만났다. 줌바를 추며 땀
을 뻘뻘 흘리고 있는데 그녀가 먼저 말을 걸어왔다. 천으로
대충 감아둔 치마에 레몬색 티셔츠, 틀어 올려 꽉 묶은 헤어
스타일이 여름 그 자체였다. 마농은 아이를 낳으며 약해진
몸을 다시 건강하게 만들고 있다고 했다. 수업이 끝나고 체

육관 밖으로 나가자 남편이 아이를 안고 그녀를 기다리고 있었다. 마농은 아직 모자라다며 체육관을 또 몇 바퀴씩 뛰었고, 남편은 아이를 안고 스쿼트를 했다. 어떤 운동이든 세 번 이상 나가본 적이 없는 내가 반년이나 꾸준하게 체육관을 갈 수 있었던 건, 이 건강한 가족 덕분이었는지도 모른다.

어느 날, 마농이 곧 휴가를 떠난다고 했다. 우선 태국으로 가보고, 내키면 다른 나라에도 갈 계획이라고 했다. 물론 남편과 이제 갓 돌이 지난 아이도 함께였다. 나에게는 생각지도 못한 삶의 방식이었다. 안전할까. 병원은 있을까. 아이가 갑자기 열이 나면 어떻게 하지. 이런저런 걱정들이 머릿속을 스쳐 지나갔다. 그녀는 이런 내 걱정을 읽기라도 한듯 말했다. "거기서도 아이들이 자란다고." 맞다. 어디든 사람 사는 곳이다. 이런 걱정은 마농에게도 그곳의 사람들에게도 실례였다. 아이의 구불구불한 머리카락을 만지자 아이가 싱긋 웃었다. 그걸 보는 마농도 웃었다. 매 순간을 새롭게 사는 듯한 호기심 가득한 이 아이의 눈에 부디 좋은 사람들만 비치길 간절히 바랐다.

마티라 해변에서 다시 만난 마농은 얼굴이 조금 탔을 뿐

달라진 데가 없었다. 아이는 그새 많이 자랐고, 남편은 살이 많이 빠져 있었다. 마농은 달려와 내 볼에 뽀뽀를 진하게 해주었다. "여행은 즐거웠어?" 뜻밖에도 그녀와 남편은 고개를 저었다. "다시는 안 갈 거야. 사람들이 왜 아이를 데리고 여행을 안 가는지 알겠더라고. 그건 아이를 위해서가 아니야. 부모를 위해서 안 가는 거야. 돈도 많이 드는데 체력적으로도 정말 힘들어."

생각지도 못한 대답이었다. 마농은 아이의 볼을 간질이며 출근하는 게 반가울 정도라고 말하더니 또 호탕하게 웃었다. "하지만 그 모든 고생들을 미리 알았더라도 나는 갔을 거야. 그때 산후우울증이 심해지고 있었거든. 행복이 필요했어. 떠나지 않았다면 난 지금처럼 행복하지 못했을 거야. 거기 간 덕분에 집이 제일 좋다는 걸 알았으니까."

아이가 잠이 들자 마농은 다시 바다로 뛰어들었다. 남편도 같이 들여보내고 내가 아이의 옆에 앉았다. 행복이라는 단어를 쓰는 어른을 참 오랜만에 보는 것 같다는 생각이 들었다. 가만. 마지막으로 행복하다고 느껴본 적이 언제였더라. 불행하냐고 묻는다면 그건 아니지만, 그렇다고 행복한 것도 아니었다. 모든 경계가 희미하다. 아이의 잠든 얼굴을

보고 있자니, 묘한 기분이 들었다. 이 아이는 어떤 어른이 될까. "괜찮아?" 바다에서 마농이 나를 향해 소리쳤다. "괜찮아"라고 대답하며 손을 흔들었다. 마농도 손을 흔들었다. 나는 내게 손을 흔드는 마농을 보면서 생각했다. 이 아이는 행복하게 자랄 거라고. 스스로 행복해지려는 엄마를 보고 자라는 아이가 어찌 불행할 수가 있을까. 나는 그렇게 믿는다.

*덧붙이는 말: 인간은 어리석고 마농은 또 온 가족과 함께 여행을 떠났다.

우리의 기대,
기대는 우리 上

언니는 라떼를 만들어달라고 했다. 이태원 집에 있는 에스프
레소 머신으로 꽤 그럴싸한 우유 거품이 만들어진다고 자랑
자랑을 해둔 참이었다. 그런데 혼자 마실 땐 쫀쫀하게 잘만
올라오던 우유 거품이 전혀 올라오지 않았다. 그리 놀랄 일
은 아니었다. 나에게는 꼭 잘해주고 싶은 사람이 집에 오면
일을 다 망치는 역사가 있기 때문이다.

　언니가 조카들을 데리고 우리 집에 놀러 온 건 처음이었
다. 서울에 산 지 얼마 되지 않은 언니는, 자기 동네에서 꽤
벗어난 우리 집까지 운전하기가 무섭다고 했다. "꼬맹이 둘
데리고 대중교통 타는 것도 감당 안 될 것 같고."

문제는 간단하게 해결되었다. 내가 언니네 집으로 먼저 가서 모두를 모셔 온 것이었다. 즉흥적으로 내려진 결정이었다. 언니는 루틴을 벗어났다는 것만으로 설레했다. "뭐 먹고 싶어?" "글쎄. 이 동네 뭐가 맛있니?" 사람들이 줄 서서 먹는 맛집이 여러 곳 떠올랐지만, 아이들을 데리고 갈 만한 곳일지 고민하게 되었다. 조카들은 아직 줄을 서긴 어린 나이고, 줄을 서서 들어간 곳에 그런 아이들이 있다면 불편해할 사람들의 시선도 신경 쓰였다. '노 키즈 존'이 아니더라도, 어쩐지 아이와 맛집의 궁합은 좋지 않을 것 같았다. 하지만 언니와 조카들이 여기까지 또 언제 온다고, 모두가 좋아할 만한 것을 사 주고 싶었다. 시간을 확인했다. 오후 네시. 빨리 출발하면, 아직 줄이 없을 시간이었다. "하와이안 피자 맛집 있는데 어때?" "어, 좋다. 그런데 우리가 가도 되려나?" "왜? 왜 안 돼?" 알면서 괜히 물었다.

　나갈 준비를 하는데, 침대에 누워 곤히 낮잠을 자고 있는 서윤이를 보니 깨우기가 망설여졌다. "서윤아." 작게 불렀더니 미동도 없다. 흔들어 깨우면 금방이라도 일어날 텐데 어디를 잡아야 할지 몰라 난감했다. 어린아이는 어쩜 이렇게 말랑한 복숭아 같을까. 힘을 조금만 줘도 멍들 것 같아 무섭다. 하지만 곧 피자집에 줄이 생기기 시작할 거였다. "서윤아." 조금 더 큰 소리로 불렀다. "우리 피자 먹으러 가자." 음식 얘기가 나오자 실눈을 뜬 서윤이는 멍한 표정으로 두리번거렸다. 안아주니 그제야 "엄마—" 하고 울었다. 언니가 들어와 서윤이를 다시 안았다.

골목 안으로 피자 가게가 보였다. 뭔가 이상했다. 줄이 없다 못해 한산했다. 유리문 안으로 빨간 글씨가 써진 팻말이 보였다. CLOSED. 닫힘.

"아까 휴무일 확인했잖아." 언니가 말했다. 정말이었다. 출발 전에 확인했었다. 당황해서 다시 검색해보니, 떡하니 오늘이 휴무일이라고 적혀 있었다. "이모 여기 다다써? 피자 문 다다써?" 이제 문장을 제법 구사하는 서윤이에게 놀라며 다른 피자 가게를 검색하려는데, 근처는 모두 휴무였다. 다행인지 불행인지 우현이는 피자에 전혀 관심이 없었다. "이모, 저 차들 다 어디 가는 거야?" 가게 앞으로 난 작은 도로에 차가 줄지어 올라가고 있었다. "글쎄. 저 위에 남산타워 있는데, 거기 가는 거 아닐까?" 우현이가 벌떡 일어나며 말했다. "우리도 가자. 남산 가고 싶어, 이모. 저기 가서 밥 먹자." "우현아, 이제 곧 깜깜해져." 말려보려는 언니의 말에 우현이는 더 신나했다. "와! 그럼 거기서 노을도 볼 수 있어?"

그렇게 남산에 올라가게 되었다. 바로 택시를 잡아타려 했는데, 기사님이 남산타워 바로 아래까지는 버스만 올라갈 수 있다고 알려주셨다. 조카들과 버스를 타는 것은 처음이었다. "이모, 이거 봐라. 멋지지." 버스를 기다리는데, 우현이가 엄청나게 뿌듯한 얼굴로 귀여운 캐릭터가 그려진 교통카드를 내밀었다. 어린이용 교통카드였다. 호들갑스럽게 감탄을 해주었다.

하지만 버스를 타자마자 기사님은 어른과 아이 둘이 다 같이 찍히는 다인승 버튼을 눌러주었다. 언니가 아이 카드가 따로 있다고 말하자, 기사님은 노골적으로 한숨을 쉬며 중얼거렸다. "아이 씨, 정신없어 죽겠고만." 내가 얼른 말했다. "그냥 다인승으로 타자." 그렇게 모두 조금씩 주눅이 든 채로 버스를 탔다.

남산타워에는 사람이 어마어마하게 많았다. 관광지 특유의 활기찬 분위기에 아이들도 들떴다. 우현이는 마음에 드는 장소를 발견하면 나를 불렀다. "이모, 나 여기서 찍어줘." 서윤이는 거기에 한 문장을 더 말했다. "이모, 나 사진 보여줘." 찍어줘와 보여줘로 이루어진 4분의 2박자 돌림노래를 100번 정도 듣고 나니 해가 지고 있었다. 끝도 없이 펼쳐진 서울의 건물들에 하나둘 불이 켜졌다.

우리의 기대,
기대는 우리 下

저녁을 먹기로 하고 겨우 자리가 있는 곳을 찾아 앉았다. 언니네 동네에도 있는 식당이었다. 이 먼 곳까지 와서 자기 동네랑 똑같은 맛을 내는 가락국수를 먹으면서도, 서윤이는 맛있다며 우동에 대한 노래를 만들어 불렀다. "다른 분들 식사하는 곳에서는 노래 부르면 안 돼." 서윤이의 노래에 웃던 우현이는 춤을 추기 시작했다. 앉은자리에서 공기 인형처럼 팔을 들고 휘적였다. "우현이는 다 컸으니까 여기서 춤추고 그러면 안 되는 거 알지? 밥 먹자." 언니는 아이들을 먹이느라, 나는 아이들을 말리느라 정신없는 저녁이었다. "이제 집에 가자."

그런데 남산 아래로 내려가는 버스를 코앞에서 놓치고 말
았다. 다음 버스까지 배차 간격이 꽤 길었다. 지도를 검색해
보니 벚꽃 길을 조금 걸어 내려가면 택시를 잡을 수 있었다.
"벚꽃도 볼 겸, 걸어서 갈까?" 순간 완전히 잊고 있었다. 지
도에 나오는 도보 시간은 성인 기준이라는 것을. 아이들과
함께 걸을 때 걸리는 시간은 완전히 달랐다. 한참을 걸어도
목적지가 나오지 않았다. 버스 정류장으로 고작 한 정거장인
그 벚꽃 길은 택시가 들어올 수도 없는 길이라, 되돌아가서
버스를 타거나 계속해서 내려가야 했다.

언니와 아이들에게 근사한 하루를 만들어주고 싶었는데
착실하게 어긋나고 있었다. 게다가 하루 종일 가장 많이 한
말이 "안 돼"라니. 정작 실수들은 내가 다 해놓고 말이다. 버
스 카드 안 된대. 노래 안 돼. 다음에. 춤 그만. 밥 먹어야지.
국 그렇게 휘저으면 안 돼. 안 돼. 안 돼.

사실 교통카드 따로 찍게 해달라고 정중하게 부탁할 수
있었는데. 서윤이가 노래를 크게 불렀던 것도 아니었는데.
우현이는 그냥 제자리에서 팔만 움직였는데. 그 정도 소음
은 어른들도 다 내는 것임에도 불구하고, 어떤 시선들에 지

레 더 겁을 먹고 필요 이상으로 엄하게 대해버렸던 것 같아 마음이 무거웠다. 화낼 만한 일에 화내는 것이 아니라, 화내도 되는 사람에게 화를 내는 거라던 누군가의 말이 맞을지도 몰랐다. 나는 너무 미안해서 목소리가 자꾸 작아졌다.

"우현아. 다리 안 아파? 이모가 안아줄까?" "아니. 나 지금 있잖아. 내 파워 그거, 다섯 칸밖에 안 달았어." "반이나 달았으면 많이 단 거 아니야?" "어? 아니, 총 500칸인데? 우어어어!" 우현이의 괴성에 언니와 나는 웃음이 터졌다. 우현이가 물었다. "이모 나 여기서는 춤춰도 돼?" "응. 당연하지." 눈물이 날 것 같아 꾹 참았다.

우현이의 춤은 정말 신묘한 춤이었다. 삐걱대지만 로봇 춤은 아니고, 팔락거리지만 풍선 인형도 아닌 그러나 무엇보다 사람은 더더욱 아닌, 어쩐지 비를 불러올 것 같은 그런 춤이었다. 앞에서 언니에게 안겨 있던 서윤이가 내려달라고 했다. "나도 가티 툴래." 서윤이가 달려왔다. 작은 발로 최선을 다해서 우다다 달려와 함께 춤을 췄다. 나도 췄다. 조카들은 이모 춤이 이상하다며 깔깔 웃었다. 야. 그래서 우리가 가족인 거야. 언니는 그 장면을 그대로 핸드폰 카메라로 담았다.

언젠가 언니와 그런 대화를 한 적이 있었다. 나 같으면 짜증이 폭발했을 것 같은 상황에서도 차분하게 아이들을 사랑으로 대하는 언니에게 감탄했을 때였다. "언니 진짜 대단하다. 와. 나는 우리 조카들 부러워. 이런 무한한 사랑을 받다니." "나도 처음엔 내가 사랑을 주는 건 줄 알았는데, 받는 거였더라고. 어린아이들이 엄마를 이렇게나 사랑해주는지 나도 진짜 몰랐어. 그래서 내가 더 잘해야 돼."

벚꽃 길을 걸으며 그 말이 무슨 뜻인지 어렴풋이 알 것 같았다. 그래서 더 열성적으로 춤을 췄다. 아이들이 뛰어오를 때마다, 바닥에 떨어진 벚꽃들도 같이 팔락거렸다.

세 사람을 배웅하고 집에 돌아와서 그대로 뻗었다. 다음 날 아침, 전화벨 소리에 잠을 깼다. 우현이가 걸어온 영상통화였다. "이모 나 장난감 놓고 왔는데 집에 있어?" 벌써 눈에 눈물이 한가득이다. "이모 나 그거 잃어버렸으면 어떻게 하지?" "이모가 찾아보고 없으면 새로 사 줄게." "아니야. 이모 그거 못 사아. 뽑기로 뽑은 거야아아. 엉엉."

울음이 터진 우현이를 겨우 달래고, 전화를 끊었다. 초콜릿을 먹었다. 당이 필요했다. 아이들 미안해. 나는 당분간 좀 쉬어야겠어. 계절이 지나면 또 만나자(농담).

당연한 매일과
당연하지 않은 당신。

새벽 한시가 다 되어 가계부 정리가 끝이 났다. 달력을 보니 벌써 31일이었다. 하루가 가는 건 너무 느린데, 한 달은 빨리도 지나갔다. 당연한 매일의 반복이었다. 출근을 했다. 퇴근을 했다. 집안일을 하고 저녁을 먹었다. 잠을 자고 또 출근을 했다. 집세를 냈다. 전기 요금과 수도세, 의료보험비를 냈다. 30일간의 수입과 지출을 주욱 적고 나니 남는 돈이 없었다. '진정한 노력은 배반하지 않는다'는 말은 누가 한 말일까. 모르긴 몰라도 자영업자는 아니었을 것이다. 남편이 내일은 꼭 마트에 다녀오자고 했다. 고양이 사료가 다 떨어졌단다. 그런 그에게 다짐을 받았다. "우리 정말 고양이 사료만 사고 나오는 거야."

　졸음을 이겨내고 아침부터 찾아간 마트는 근사했다. 정신을 차리고 보니 양손 가득 장을 봐버렸다. 나는 그래도 야채나 고기 같은 식재료를 샀는데, 남편은 달걀 모양의 초콜릿을 한 박스나 샀다. 자기가 좋아하는 스타워즈 장난감이 랜덤으로 들어있다나. 돌아오는 내내 차에서 영수증만 뚫어져라 보고 있는데, 그가 갑자기 차를 세웠다. 놀란 내게 잠깐 기다리라고 말하더니 차에서 내려 어디론가 갔다. 몇 분이나 지났을까. 돌아온 남편은 트렁크를 열고 무언가를 찾기 시작했다. 모른 척하려고 마음먹었지만 궁금증을 이기지 못하고 따라 내렸다. "뭐 찾아?" 그는 대답 대신 낡은 천 아래서 꺼낸 공구 통과 펌프를 보여주었다.

　남편은 길 건너편으로 곧장 걸어갔다. 한 할아버지가 자전거를 붙잡고 서 있었다. 낯이 익었다. 항상 기념품 매장 앞에서 여행자들에게 동냥하는 할아버지였다. 남편은 그에게 다가가 허리를 숙이고 타이어를 꾹꾹 눌러보더니 공구 통을 열었다. 펑크가 난 것 같았다. 시간이 조금 걸린다고 했다. 나도 할아버지 옆에 앉아 남편을 기다렸다. 타이어 안쪽 면을 만지는 남편의 손이 이내 새까매졌다. 바다 쪽에서 바람이 불어와 티셔츠가 부풀어 올랐다. 정수리에 쏟아지는 햇볕에 졸음이 몰려왔다. 잠깐 눈을 감았다. 임시로 고친 거니 꼭 수리점에 가보라고 말하는 남편의 목소리가 들렸다. 할아버지는 고맙다고 했다.

집에 돌아왔다. 어제 정리했던 가계부가 식탁에 그대로 펼쳐져 있었다. 잘 덮어서 책장에 꽂아놓고 함께 고기를 구워 먹었다. 설거지를 하고 곧바로 달걀 모양의 초콜릿을 먹기 시작했다. 남편은 안에 들어 있는 장난감에 따라 좋아했다가 실망했다가 했다. 그만 먹으라고 말하려다 말았다.

문득 남편의 눈으로 세상을 보고 싶다는 생각이 들었다. 나의 시야 바깥에 있는 희미한 사람들이 그에게는 늘 선명하다. 어쩌면 그쪽은 온기로 가득할 것도 같았는데, 그런 생각을 하자 또 졸음이 쏟아졌다. 그냥 배가 불러서 그랬는지도 모르겠지만.

포 에
할 머 니 。

똑. 똑. 똑. 어디선가 문 두드리는 소리가 났다. 며칠째 계속
되는 열대야로 잠에 깊게 들지 못해 그랬는지 바로 눈이 떠
졌다. 남편은 곤히 자고 있었다. 몸을 일으켜 거실로 나왔다.
옆방의 디에고도 아직 자고 있는 것 같았다. 유리문 바깥에
머리가 희끗한 여자가 꽃으로 만든 화관을 쓰고 서 있었다.
포에 할머니였다. 현관문을 열었다. 벌써 따뜻해지기 시작한
아침 공기가 먼저 집 안으로 들어왔다. 포에 할머니도 총총
총 따라 들어왔다. 우리는 양 볼을 번갈아가며 뽀뽀하는 인
사를 나누었다. 포에 할머니의 볼에 가까이 갈 때마다 꽃향
기가 났다.

마당에서 직접 땄다는 망고를 테이블에 내려놓던 포에 할머니는 집을 쓱 둘러보았다. 양손을 모아 한쪽 얼굴 옆에 붙이고 아직 자고 있냐는 제스처를 했다. 나는 고개를 끄덕였다. 포에 할머니는 눈썹을 쓱 올리더니 손뼉을 치기 시작했다. "모두 일어나!" 디에고와 남편이 졸린 눈을 비비며 방에서 나왔다. 두 사람은 이렇게 시작되는 하루에 익숙해진 것 같았다. 포에 할머니는 그들의 두 볼에도 뽀뽀를 해주며 잔소리를 쏟아냈다. 느낌만으로도 일찍 일찍 일어나라는 뜻이라는 것을 알 수 있었다. 눈도 제대로 못 뜬 디에고는 망고를 집어 들더니 주물럭거렸다. 위쪽의 껍질을 조금 벗겨내고 그대로 아이스크림처럼 빨아먹었다. 남편도 디에고를 따라 했다. 포에 할머니가 내 등을 두드리며 웃었다. 손주들이 따로 없었다.

포에 할머니는 자주 현관문을 두드렸다. 그녀의 노크 소리에 우리의 아침이 시작되었다. 하루는 바나나를 가져다주었다. 하루는 파파야를, 또 하루는 꽃으로 만든 화관을 가져다주었다. 모두 그녀의 손으로 마당에서 직접 키운 것들이었다. 디에고는 여기가 대도시였다면 포에 할머니 같은 사람을

경계했을 거라고 했다. 어떤 의미인지 알 것 같았다. 타인이 주는 친절을 그대로 믿기에는 우리 모두 각자의 함정에 빠진 적이 있었다. 하지만 포에 할머니는 또렷한 눈을 가진 사람이었다. 내 눈은 벌써 탁해지기 시작했는데, 그녀는 내 곱절의 생을 살고도 그러지 않았다. 나와 남편 그리고 디에고는 포에 할머니의 집에 자주 갔다. 설탕을 빌리러, 올리브유를 빌리러, 바늘을 빌리러… 포에 할머니야말로 우리를 경계해야 할 판이었다.

두 집은 그만큼 가까웠다. 몇 걸음이면 충분했다. 내 방 창문에서도 그녀가 보였다. 꽃을 쪼려고 하는 닭을 막는, 천 조각들을 바느질하는, 바닥에 떨어진 나뭇잎을 긁어모으는 그녀가 보였다. 혼자 힘으로 오래된 집을 천천히 일구어가는 모습은, 스스로도 질려버릴 만큼 게으른 나조차 움직이게 만들었다. 미드를 보던 노트북을 닫고 포에 할머니에게 다가갔다. 망고를 우유에 갈아서, 파파야 잼을 만들어서, 말린 꽃을 유리병에 담아서 갔다. 그러면 포에 할머니는 시원할 만큼 또렷한 그 눈으로 웃으며 나를 바라봐주었다.

한번은 포에 할머니가 무언가를 설명해주는데 전혀 알아

듣지 못했던 날이 있었다. 통역을 해줄 수 있는 디에고와 남편도 출근하고 없었다. 그녀는 더 느리고 더 크게 말했다. "멍! 멍! 멍뜨…. 머엉뜨!" 멍멍이라. 내 머릿속에 떠오르는 것은 강아지의 울음소리뿐이었다. 미국 강아지는 바우 와우라고 울고, 프랑스 강아지는 우프 우프라고 우니 그것도 아닐 텐데. 말도 안 되는 생각들을 하고 있는데, 포에 할머니가 자기를 따라오라고 했다. 그곳에는 초록색의 작고 울퉁불퉁한 풀잎들이 자라 있었다. 포에 할머니는 잎 하나를 따서 손으로 문지르더니 내게 향을 맡아보라고 했다. 알싸하게 단 냄새, 민트였다. 아, 멍뜨는 민트였구나. "모히토!"라고 외쳤다. 포에 할머니는 또 내 등을 두드리며 웃었다. 우리가 민트를 가득 따서 모히토를 만들어 먹은 건 당연한 일이었다. 나는 사이다를 섞고 포에 할머니는 탄산수를 섞었다. 조금 취하자 포에 할머니가 하는 말들이 더 잘 들리는 것 같았다. 그날 밤, 나는 열대야에도 불구하고 깊게 잠들었다.

바다를
건너는 방법 上

주말 동안 바다 건너에 있는 작은 산호섬에서 남편의 직장 동료들과 만나기로 했다. 한 집 걸러 한 집에 모터보트나 제트스키, 그도 아니면 쪽배라도 있는 이곳의 사람들에게는 다른 섬에 가는 것이 무척이나 일상적인 일이었지만, 우리 부부에게는 그렇지 않았다. "저기 저 섬? 어떻게 가야 되나?" 곤란해하는 내 얼굴에 남편은 씩 웃으며 말했다. "패들보드 타자."

패들보드는 기본적으로 크고 두꺼운 보드다. 물에 잘 뜨는 판때기라는 말이다. 그 위에 서서 기다란 패들, 즉 노를 저어 이동하는데 이게 보기엔 간단해 보여도 파도에 넘어지지 않게 제대로 서서 균형을 잡으며 노까지 저으려면 상당한 집중력과 체력이 필요하다. 덕분에 누군가에게는 운동이고, 누군가에게는 명상이며, 남편에게는 취미지만 내게는 극기 훈련이다.

보라보라의 지형을 생각하면 완전히 미친 생각은 아니었다. 섬을 넓게 둘러싼 환초 지대의 작은 섬들이 남태평양의 거센 파도를 막아주는 덕분에, 바로 앞바다는 호수처럼 잔잔했다. 체력이 좋은 남편에게는 정말 가능한 일일지도 몰랐다. 하지만 나인데? 나는 뭐랄까. 넷플릭스 보며 마실 맥주를 사러 집 근처 마트에 다녀오는 것만으로도 기진맥진해지는 사람이었다. 그런 내가 과연 패들보드로 바다를 건널 수 있을까?

주말 아침, 창문을 열어 날씨를 확인했다. 바람도 파도도 없었다. 다행이었다. 산호섬에 마리도 온다는 소식에 용기를 낸 참이었다. 마리는 나의 불어 선생님이자 많은 이들의 춤 선생님이며, 지구와 동물을 위해 채식을 하고, 여행을 갈 때마다 현지에 주는 피해를 최소로 줄이기 위해 다양한 방식의 공정여행을 고민하는 사람이었다. 나는 마리가 그것들에 대해 이야기할 때의 단단한 표정이 좋았다.

몸보다 커다란 보드를 남편과 앞뒤로 나눠서 머리에 이고 집을 나섰다. 4층 계단을 내려가니 그새 티셔츠가 땀에 젖어 몸에 바짝 붙었다. 준비운동이 필요 없었다. 바로 바닷물에 들어갔다.

산호섬은 야자수로 둘러싸인 작은 섬이었다. 한눈에 들어올 만큼 가까워 보였지만, 분명 보이는 것보다 멀리 있을 터였다. 보드를 물에 내려놓고 노를 꺼내든 내게 남편이 말했다. "한 시간은 안 걸리겠지?" 남편이 패들보드의 앞쪽에 먼저 올라가 앉은 후, 내가 마저 올라가 균형을 잡으며 일어섰다. 휘청. 몸이 흔들렸다. 내가 흔들리니 패들보드도 흔들리고 덩달아 남편도 흔들거렸다. "어어어." 얼른 노를 물에 담그고 뒤로 밀어내니 보드가 앞으로 쑤욱 나아갔다. 남편은 무사히 출발한 내게 엄지를 올려 보이며 말했다. "우리 말 그대로 한배에 탔네. 이게 결혼이지."

얼마간 노를 젓자 어깨, 배, 다리의 근육이 당기는 것이 느껴졌다. 괜히 전신운동이라고 불리는 것이 아니었다. 노를 젓는 걸 멈추고 숨을 고르자, 보드는 물이 흐르는 방향대로 흘러갔다. 노를 저으면 다시 앞으로 나아갔다. 패들보드는

이런 운동이었다. 몸을 움직이면, 딱 그만큼 앞으로 나아갔다. 움직이면 분명히 나아간다. 나아간다. 나아간다. 이 단순한 사실이 반가웠다.

바다의 색도 계속해서 달라졌다. 처음엔 보드의 그림자까지 보여 투명한 유리 같았다. 그러다 곧 우유를 풀어낸 듯한 에메랄드색이 되었다가, 선명한 청록으로 바뀌었다. 그대로 점점 짙어지더니 이내 검파랑색이 되었다. 수심이 깊어지고 있다는 뜻이었다. 물속이 전혀 보이지 않자, 몸에 힘이 들어가기 시작했다. 물에 빠지기 싫었다. 노를 빠르게 저었다. 산호섬에 가까워질수록 바다의 색도 다시 밝아졌다. 마침내 투명해졌을 때, 해안가에 앉아 있는 사람들의 얼굴이 보였다. 마리도 그곳에 있었다.

바다를
건너는 방법 下

사람들은 바비큐 파티를 하고 있었다. 마리에게 인사를 건네
려는데, 표정이 좋지 않았다. 그녀는 고기가 우리에게 단백
질을 공급해주지만, 대신 소를 기르는 과정에서 엄청난 온실
가스를 배출해 날씨가 달라지게 하고 숲도 파괴한다는 내용
의 말을 머리가 희끗한 남자에게 하고 있었다(내가 알아들은
바로는 그랬다). 남편도 나도 난감해졌다. 마리는 사람들이 고
기를 먹는 자리에서 이런 설명을 할 사람이 아니었다. 남자
가 다시 물었다. "생선이나 야채는 그럼 왜 먹는 거야? 그냥
아무것도 먹으면 안 되는 거 아니야?" 그제야 분위기를 짐
작할 만했다. 고기를 구웠을 테고, 마리에게 권했을 테고, 그

녀는 자신이 채식주의자라 말하며 자신이 가져온 생선과 야
채를 먹겠다 했을 테고, 그렇게 질의응답 시간이 시작되었겠
지. 남편은 계속해서 질문을 멈추지 않는 남자에게 물었다.
"우리가 여기 뭐 타고 왔는지 알아?" 남자는 곧 보드 쪽으로
흥미를 옮겼다. 남편과 남자가 보드를 보려고 우리에게서 멀
어지자, 마리가 물었다. "진짜 패들보드로 온 거야? 어디서
부터?" 내가 집에서부터 노를 저어서 왔다고 하자 마리가 웃
음을 터뜨렸다. 우리는 그제야 볼을 맞대며 인사를 나눴다.

서로가 좋아하는 것들을 잔뜩 구워 먹고, 나는 맥주도 세
캔이나 마신 다음에야 야자수 그늘에 함께 앉았다. 마리는
채식을 시작하기 전에, 더블치즈버거를 못 먹는 게 제일 어
려운 일일 거라 생각했다며 웃었다. 무엇을 말하는 건지 알
것 같아 그녀의 어깨를 두드렸다. "힘들지?" 마리는 고개를
끄덕이며 어딜 가든 말이 쏟아진다고 했다. 왜 고기를 안 먹
냐 이유를 묻는 사람부터, 건강에 안 좋다며 균형 잡힌 식단
에 대한 조언을 해준다거나, 유별나다며 눈치를 주는 사람,
방금처럼 생선도 식물도 고통을 느낄 텐데 그럼 아무것도
먹지 말라는 사람까지.

마리는 그들의 마음도 이해한다고 말했다. 자기도 자기가 맞는건지 점점 모르겠단다. 선의로 하는 행동이 꼭 선한 결과로 이어지는 것도 아니니 확신이 없다고 했다. 이제는 잘 모르는 사람들과 식사를 하면 분위기를 망칠까 봐 만나는 일 자체가 꺼려진다고 했다. "내가 채식을 한다고 세상이 바뀌는 것도 아닌데 나 이거 왜 해야 해?" 마리의 질문에 대한 답은 나도 정말 몰랐다. 보드를 타고 오며 느꼈던 한 가지를 겨우 말해줄 수 있었다. "하지만 움직이지 않으면 정말 아무 일도 일어나지 않잖아." 마리가 웃었다. "난 그냥 칭찬받고 싶었는지도 몰라. 멋진 사람이라고. 너무 이기적인가?"

아무 말 없이 함께 웃었지만, 네 번째 맥주 캔을 따며 생각했다. 다른 것도 아니고 지구를 살리는 일을 하며 칭찬받고 싶은 마음은 꽤 괜찮은 거 아닌가? 여기 아무것도 안 하면서 세계 제일의 영화감독이 되어 칭찬받고 싶은 나도 있는데.

집으로 돌아올 때는 남편이 노를 저었다. 가만히 앞에 앉아 바닷속을 들여다보고 있는데, 불쑥 뾰족한 것이 나타났다가 사라졌다. 다급하게 상어라고 외치는 내 비명에 남편은 바다를 응시하더니 말했다. "저건 만타레이야."

만타레이가 대체 뭐지. 처음 들어보는 이름이었다. 정말 모르냐고 묻는 남편의 목소리가 들떠 있었다. 엄청 큰 가오리인데, 몸무게가 2톤이 넘고 날개 너비가 6미터가 되는 것도 있다고 했다. 만타레이를 정말 모르는 거냐고 여러 번 되물었다. 또 신났네. 내가 모르는 것을 찾아내고 놀리는 것이 어째서인지 남편에게는 큰 즐거움이었다. 수면 위로 살짝 드러났던 만타레이의 지느러미만으로는 크기가 느껴지지 않았다. 내 키의 세 배가 넘는 가오리라니. 상어가 아니어도 무서운 크기였다. 하지만 만타레이는 우리에게 전혀 관심이 없었다. 다시 물 위로 올라오지 않고 그냥 그렇게 사라졌다.

노를 저을 때마다 긴 물결이 일어났다. 물결을 따라 햇빛이 굴절되었다. 어느새 해가 지고 있었다. 바다에 떠 있는 상태에서 바라보는 노을은 처음이었다. 내가 지구를 이루는 수많은 존재들 중 하나인, 그것도 아주 작은 존재라는 걸 보라보라섬이 알려주는 것 같았다. 물론 이 모든 것, 그러니까 섬, 바다, 만타레이 같은 자연은 그럴 의도가 없다. 아름다울 때 아름다우려는 의도가 없고, 모든 것을 앗아갈 때도 앗아가려는 의도가 없다. 그저 그곳에 늘 있다.

아주 멋진 시나리오가 떠올랐는데 해안가에 도착해서 모래에 발을 내딛자마자 잊어버렸다. 그렇지만 뭐 어떤가. 그래서 우리는 매번 바다로 돌아가는지도 모르겠다.

휴일이 없는
삶。

"빵 다 팔렸어." 조프리가 미안해하는 얼굴로 말했다. 매장에 들어서자마자 텅 빈 진열대를 보고 알았지만, 그래도 혹시나 했다. 오전 열한시였다. 내 뒤로도 손님들이 계속 들어왔다가 아쉬운 얼굴로 돌아섰다. 이 작은 섬에서도 마침내 제대로 된 빵을 먹을 수 있다는 사실에 설레었던 사람은 나만이 아니었나 보다. 모두 며칠째 빈손으로 돌아가고 있었다.

사실 조프리의 빵은 이미 수없이 먹어봤다. 그는 우리 부부가 섬에 살기 전부터 알아온 오랜 친구이자, 지금은 같은 건물을 위아래로 나누어 쓰고 있는 이웃이기 때문이다. 조프리는 매일 시험 삼아 구워낸 빵을 가져왔다. 그가 빵집을 열기로 결정하면서부터 우리 집에는 뺑오쇼콜라, 크루아상, 곡물이 가득 들어간 바게트가 끊이지 않았다.

맛이 갑자기 나아지거나 하지는 않았다. 그는 섬의 기후에 적응 중이라고 했다. 습도도 온도도 물도 프랑스와 다르다고 했다. 그곳과 똑같은 방법으로 똑같은 재료를 써도 빵맛이 다르게 구워진다고 했다. 힘들겠다는 염려에 그는 즐거운 표정을 지었다. 그리고 대답했다. "벌써 여기서 몇 년을 살았는데, 나는 섬에 대해서 아는 게 하나도 없었던 것 같아. 이제야 조금 마주 보기 시작한 거지." 아랫집으로 내려가는 그의 뒷모습에는 밀가루가 잔뜩 묻어 있었다.

그 뒤로도 숱한 실패를 겪고 나서 겨우 빵집이 시작되었다. 우리는 매일같이 출근 도장을 찍으며 응원을 전하고 싶었다. 매장 안에 진열된 빵을 주욱 보고, 아직 많이 남아 있는 것을 골라 제값을 주고 사 오고 싶었다. 그런데 오픈하자마자 빵이 남아나질 않는 빵집이 되어버렸다. 대성공이었다. 기뻤고, 자랑스러웠고, 매일 밤마다 같이 맥주 마실 친구가 사라져 조금 쓸쓸했다.

한밤중에 남편이 핸드폰을 들고 다가왔다. 조프리에게 문자가 와 있었다. 빵을 굽고 있으니 아직 안 자면 놀러 오라는 내용이었다. 새벽 두시가 넘어가고 있었다. 조프리는 밤 열한시에 출근을 했다. 아침에 맛있는 빵을 팔기 위해서 미리 반죽을 하고 발효시켜야 한다고 했다. 빵이 구워지는 공간도, 점점 보기 힘들어지는 친구도 궁금해서 몸을 일으켰다.

어둠이 깊게 깔려 있는 밤, 빵집에서만 환한 빛이 새어 나오고 있었다. 멀리서 본 조프리는 유리창 안에 혼자였다. 테이블에 밀가루를 뿌리고 있는 것 같았다. 일하는 삶이었다. 나는 평생을 자영업자의 딸로 자랐고, 망하기 전까진 피자 가게도 했었기 때문에 그 삶이 어떤 것인지 짐작 가능했다. 휴일에도, 주말에도, 심야에도 문을 닫지 않는 삶.

가까이 다가가니 조프리가 선명하게 보였다. 하얀 반죽을 주욱 펼쳐서 알맞은 크기로 나누고 있었다. 모자를 거꾸로 쓰고 음악에 맞춰 엉덩이를 흔들면서… 조프리다웠다. 웃음이 났다. 어쩌면 조프리는 일하는 삶도 자유분방하게 살아낼 수 있을지도 모르겠다. 그렇지 않다 해도 억울할 건 딱히 없으려나… 누구의 삶이든 축제가 끝나는 순간은 오기 마련이니까. 갓 구워낸 그의 빵은 오늘도 맛이 좋았다.

심심하게 살아갈 수 있는
단호함。

여느 때와 다름없는 일요일이었다. 나는 침대에서 일어나지
못한 채로 핸드폰만 만지작거렸고, 남편은 발코니에 있는 해
먹에 누워 해바라기를 하고 있었다.

띠링. 한국에 있는 친구한테서 메시지가 왔다. [이런 집에
서 사는 거였어? 방문 열고 뛰어들면 바로 바다잖아. 나 놀
러 가면 꼭 재워줘.] 함께 보내온 링크를 열어보니 '죽기 전
에 꼭 가봐야 할 곳, 보라보라섬'이라는 문구와 함께, 바다
위에 지어진 방갈로의 사진이 있었다. 별 다섯 개짜리 호텔
이었다. 내가 사는 곳은 전혀 다른 곳이라는 걸 친구가 모
를 리는 없다고 생각하면서도, 문자에서 느껴지는 알 수 없

는 활기에 적어도 이 말은 해줘야 할 것 같았다. '우리 집에서 방문 열고 뛰어내리면 죽는다, 친구야.' 나는 한국에서도 흔하게 볼 수 있는 콘크리트 건물 4층에 살고 있었기 때문이다. 친구에게 답을 보내려는데, 빨간 느낌표가 떴다.

'전송 안 됨.'

갑자기 방 안이 조용해졌다. 귓속에서 위잉거리는 소리만 메아리처럼 남았다가 곧 사라졌다. "전기 나갔나 봐" 남편은 스위치를 켰다 껐다 해도 아무런 변화가 없는 형광등을 보며 말했다. 얼른 핸드폰의 설정 메뉴에 들어가 와이파이 목록을 확인했다. 윗집, 옆집의 와이파이 신호가 하나도 뜨지 않았다. 또 정전이었다. "빨리 씻고 와." 남편이 내가 들고 있던 핸드폰을 가져가며 말했다. 4층 집에서 몇 번의 정전을 경험하고 우리가 새롭게 배운 것이 하나 있다면, 조금 뒤에는 물도 안 나온다는 것이었다. 점점 차가워지는 물에 빠르게 샤워를 끝냈다. 남편은 설거지를 하고 있었다. 옆에 서서 그릇에 묻은 거품을 헹구었다.

정전이 되면 아무래도 불편한 것들이 생겼다. 인덕션이 안 켜지니 요리를 할 수 없었고, 아이스크림, 냉동 만두, 냉동 과일 같은 냉동고의 음식들이 금세 녹아버렸다(하필 바로 전날 냉동식품 장을 잔뜩 봐 온 상황이었다). 와이파이도 사라지고, 핸드폰 자체의 신호도 거의 안 잡혔다. 하지만 우리는 정전이 되는 걸 내심 반가워하기도 했다. 비로소 보라보라의 시간이 흐르기 때문이었다. 아주 느린, 그래서 심심한.

심심한 건 좋은 일이었다. 무언가가 하고 싶어지니까. 핸드폰만 들여다보던 나는 고개를 들어 남편의 얼굴을 쳐다보았다. 남편은 미뤄두었던 분갈이를 하자고 했다. 히비스커스 꽃들을 조금 큰 화분으로 옮겨 심었다. 쥬드도 따라 나와 꽃향기를 맡았다. 지난밤에 모히토를 만들고 남은 민트도 새로 심었다. 까끌거리는 흙 위에 가느다란 민트를 심을 때마다 아무래도 힘들지 않을까 하는 의심을 했다. 매번 튼튼하게 뿌리를 내리는 것을 보면서도 그랬다. 해가 너무 강한 날은 비실거리다가도, 물을 잔뜩 먹으면 또 금방 살아났다. 손끝에서 기분 좋은 민트 향이 났다.

등 뒤로 따가운 시선이 느껴져 돌아보니, 남편이 파인애플 앞에 서서 '내가 이겼다'는 표정으로 나를 바라보고 있었다. 언젠가 마트에서 사 온 파인애플을 자르던 남편은 뾰족뾰족한 잎 부분을 그대로 심으면 다시 파인애플이 자란다고 했다. 말도 안 된다고 웃어버렸는데, 정말 잘 자랐다. 아직까지는 거대한 잎의 형태에 가깝긴 하지만, 그동안 우리 집에서 가장 성실했던 건 나도 남편도 아닌 이 파인애플이었다. 이쯤 되면 믿어줘야 할 것 같았다. "그래, 정말 자라네." 남편은 뿌듯함이 넘쳐서 터져버릴 것 같은 얼굴로, 부부 사이에 할 수 있는 가장 통쾌한 문장을 말했다. "I told you(그러게 내가 뭐랬어)!"

체스를 두었다. 책을 읽고, 그림을 그렸다. 남편은 체스가 어떻게 끝날지 가능한 경우의 수가 우주에 있는 원자의 수보다 많다는 얘기를 들려주었다. 나는 책을 읽다가 나오는 좋은 구절을 그에게 번역해주는 데 많은 시간을 보냈다. 남편의 얼굴을 종이에 그렸고, 남편은 언제나처럼 전혀 모르는 여자의 얼굴을 그려놓고 그게 나라고 우겼다. 미지근한 물에 인스턴트커피가 녹아주길 한참을 기다리면서도 많은 이야기를 나눌 수 있었다.

이런 하루가 지나가면 늘 하는 다짐이 있다. 인터넷을 끊자. 다음 날이면 모두 잊고 함께 드라마를 보게 되지만, 그래도 그 순간만은 진심으로 다짐했다. 인터넷을 끊을 필요 없이 언제든지 심심하게 살아갈 수 있는 단호함이 있었으면 좋았겠지만, 이것이 오늘의 우리였다.

웅웅거리는 소리가 났다. 냉장고가 돌아가는 소리였다. 저렇게 큰 소리를 내고 있었다니. 매번 깜짝 놀랐다. 삐빅삐빅. 띠링띠링. 전기가 돌아왔다. 심심한 세계가 사라졌다. 친구의 문자에 답을 보냈다.

슬로우 라이프가
뭐죠?

이렇게 외딴 바다 마을에 살게 되면 한번쯤 빠지는 함정이 있다. 바로 『월든』의 소로우처럼 간소한 삶을 살아야 할 것 같은 기분이 든다는 것이다. 아니지, 어쩌면 그런 삶을 꿈꿨기에 이곳으로 흘러들었는지도 모르겠다. 나도 처음에는 로망이 있었다. 스스로 기른 채소를 따서 식사를 하고, SNS가 아닌 진짜 이웃들과 하루를 나누는 자연스러운 삶. 유유자적, 자급자족, 그러니까 '슬로우 앤드 미니멀 라이프'.

그래서였다. 새로 이사 온 집의 발코니에 작은 텃밭을 만들기로 마음먹은 건. 월세 계약서에 서명을 하고서 바로 인터넷에 검색을 했다. 여러 블로그를 돌아보고 적당한 종류의 화분과 흙을 사서 거기에 멜론과 토마토를 심었다. 그러니까 슬로우 앤드 미니멀 라이프를 위해 내가 처음 한 행동은 '인터넷'과 '쇼핑'이었던 것이다.

결과는 대실패였다. 집에 놀러 온 포에 할머니가 식물들을 보더니 고개를 저었다. 화분도 흙도 발육 상태도 다 엉망이라고 했다. 겉보기에는 쑥쑥 자라고 있었다. 작고 동그란 녹색 잎이 손바닥보다도 커졌었다. 덩굴손이 나와 무엇이든 잡히는 것에 제 몸을 감았고, 노란 꽃들도 피어나고 있었다. 포에 할머니는 내가 이미 실행에 옮겼어야 할 다양한 재배 기술을 설명해주었다. 쉽지 않았다. 무엇보다 성실해야 했다. 진짜 자급자족이 가능해지려면 '슬로우 라이프'로는 어림도 없어 보였다. 그런 삶을 살고 싶다는 마음만 있고, 구체적 계획은 없던 내게 당연한 결과라는 생각이 들었다.

결국 포에 할머니가 가져다준 꽃을 새로 심고 씨앗을 뿌렸다. 상대적으로 키우기 쉬운 작물들을 받았다. 민트나 허브 같은 것들. 잘 자랐다. 나에게는 이 정도가 딱이었다. 손으로 잎을 살짝 쓰다듬으면 알싸한 향이 났다. 하물며 이 작은 풀도 만져주고 알아줘야 향을 내는 것을.

나는 여전히 삶의 부피를 줄이고 우리만의 삶을 살자고

남편과 다짐한다. 하지만 지금은 안다. 예전의 내가 의식했던 슬로우 앤드 미니멀 라이프라는 것은, 내가 좋아하는 삶이 아니라 남들 눈에 좋아 보이는 삶이었다는 것을. 여기까지 와서 타인의 욕망을 살려고 했던 거다. 물론 원하는 만큼 게으를 수 있는 삶을 살고 싶긴 하지만, 그게 사람들이 말하는 슬로우 라이프는 아닌 것 같다.

지금은 민트도 허브도 다 마트에서 사다 먹는다. 편하고 좋다. 한국처럼 배달이 된다면 금상첨화일 텐데. 아, 패스트 푸드가 먹고 싶다. 부끄럽지만 나는 이런 인간인 것이다. 그리고 이것도 이 섬에 꽤나 어울리는 일이다.

내일의
일은
모르겠다

엄마를 거의 생각하지 않고 보내던 여름이었다. 오랜만에 군산 집에 내려가서 아빠와 텔레비전을 보고 있는데, 엄마가 장난스러운 목소리로 말했다. "딸. 엄마 암이래." "뭐?" 엄마는 허탈하게 웃으며 대답했다. "응. 위암이라네." 그제야 엄마의 마른 몸이 눈에 들어왔다. 알바가 너무 힘들어서 살이 빠지는 줄로만 알았다. 엄마는 별일도 아니라는 듯 냉장고 앞으로 휙휙 걸어가며 내게 물었다. "복숭아 먹을래?"

위의 3분의 2를 절제해내는 수술임에도 엄마는 낙관적이었다. 처음에 진단받은 병원에서 수술까지 하겠다는 말을 듣고 나는 덜컥 겁이 났다. 오직 집에서 가깝다는 이유로 선택된 곳이었다. "요즘 암은 암도 아니래. 돈도 많이 안 들고." 예상 병기가 낮고, 쉬운 수술이고, 생존율도 높다며 되레 엄마가 나를 안심시켰다. 나는 아흔 명의 사람이 생존할 확률이라는 게 나머지 열 명에게 어떻게 위로가 되는지 혼란스러웠지만, 엄마까지 불안하게 만들고 싶지 않아서 잠자코 있었다.

하지만 지금껏 낙관하는 태도가 우리 삶의 문제를 해결해준 적은 거의 없었다. 몇 날 며칠 병원과 의사를 알아보며 고민한 끝에 전화를 걸었다. "엄마. 아무래도 일어날 수 있는 최악의 경우들을 알아보고 그걸 조금이라도 보완해줄 수 있는 병원으로 가는 게 좋겠어. 지금 당장은 비관적인 게 우리에게 더 도움이 돼." 계속 망설이는 엄마에게 물었다. "엄마가 엄마 딸이라고 생각해봐. 그래도 거기가 제일 좋아? 별일도 아닌데 그냥 제일 가까운 데서 수술받으라고 할 거야?" 엄마는 잠시 말이 없다가 조금 웃더니 대답했다. "그래. 그렇게 생각하니까 병원 옮겨야겠다."

수술 당일 새벽, 이송 직원이 와서 엄마를 이동 침대로 옮겨 눕혔다. 수술실 앞까지는 내가 함께 가도 된다고 했다. 병원 복도를 매끄럽게 굴러가는 침대 바퀴를 따라 걸으며 엄마에게 실없는 농담들을 던졌다. "잠깐 말씀 나누세요." 직원은 엘리베이터에서 내리자마자, 우리에게서 조금 멀찌감치 떨어져 등을 돌리고 서주었다. 누가 봐도 내가 엄마를 안아주고 사랑한다고 말해야 할 것 같은 순간이었지만, 나는 잘 갔다 오라는 말도 겨우 할 수 있었다. 엄마는 "응. 이따 봐"라며 링거주사가 꽂혀 있지 않은 손을 살짝 흔들어줬다. 혼자 병실로 돌아오는 내내 울었다. 언니와 아빠가 병원으로 오고 있어서 다행이었다.

"태연아. 복숭아 조림 먹어." 수술을 잘 마치고 회복 중이던 엄마가 말했다. 며칠 전에 막내 이모가 가져온 거였다. 큰 이모는 환자보다 보호자가 더 잘 먹어야 한다고 했지만, 아직 물만 겨우 넘기는 엄마를 두고는 좀 그래서 냉장고에 넣어놨었다. "그거 이모가 직접 만든 거야. 얼른 먹어봐. 엄마는 전에 많이 먹어봐서 괜찮아." 나는 냉장고를 열고, 젓가락으로 복숭아 하나를 푹 찔러서 입에 넣었다. 차갑고, 부드럽고, 달았다. "맛있지?" 나는 즙이 흐를까 웅얼거리며 말했다. "응. 이모 잘하네." 그 말을 하고 우리는 뜻 모르게 같이 웃었다. 맛있다. 이렇게 슬퍼도 복숭아는 맛있구나. 엄마가 침대에서 몸을 일으켰다. 내가 같이 일어나려니까 고개를 저었다. "신경 쓰지 말고 너 할 일 해. 글 써."

병실 창가에 앉아 노트북을 열었다. 서둘러 지난 글들을 다듬어야 출간 일정을 맞출 수 있기 때문이기도 했지만, 그보다는 병원에 있다고 제 할 일을 못할까 봐 엄마가 신경을 쓰기 때문이었다. 확진, 입원, 수술, 회복의 단계를 거치는 동안 엄마는 딱 한 번 내 앞에서 울었는데 억울해서도 무서워서도 아파서도 아니었다. 마치 암이 자기 일이 아닌 것처럼 늘 한 발자국 떨어져 허허 웃던 엄마가 "그냥 내가 알아서 하고 싶었는데… 너네한테 해준 것도 없이 신세 지기 싫어"

라며 눈물을 쏟았다. 병원도 그래서 옮기기 싫었던 거라고 그제야 말했다.

내가 노트북 앞에 앉아 있기만 해도 엄마가 안심하는 게 느껴졌다. 지난 글들을 하나씩 읽어보는데 '내일의 일은 모르겠다'라는 맺음말이 눈에 들어왔다. 잡지에 칼럼을 연재하는 동안 자주 이 문장으로 글을 마치고는 했는데, 지금에 와서 보니 달라 보였다. 과연 그 무게를 알고 썼나 싶다. 어쩌면 이 책에 쓴 모든 글이 그런 것 같다.

내일의 불확실한 세계에서 어떤 일이 벌어질지는 누구도 모른다. 지금보다 더 나빠질 수도 있다. 어제오늘과 똑같이 지루하기 짝이 없는 하루가 계속될 수도 있고, 반대로 모든 것이 무너질 수도 있다. 그때 비로소 우리는 그 지루함이 축복이었다는 걸 알게 되겠지만, 뭐 그렇다고 별 수 있나. 무너진 자리에 다시 새로운 지루함을 만들 수밖에 없다. 오늘이 언젠가 우리만 아는 농담이 될 날을 기다리며. 내일의 일은 모르겠다.

어떤 순간을 붙든답시고 나의 기억과 시선으로만 편집된 글에 기꺼이 머물러준 가족과 친구들에게 고맙고 미안하다.

다들 본명으로 나와도 상관없다 했지만 가능하면 허구의 이름을 쓰고자 했고, 그들이 좋아하는 이름을 직접 고르기도 했다. 덕분에 행복은 쉽게 쓸려나가고, 불행은 끝없이 밀려오는 바닷마을에서 지금까지 무사히 버틸 수 있었다.

아무도 내 글을 읽어주지 않던 시절에 책을 내자며 고료부터 보내준 손일준 님과 보라보라섬의 일상에 대해 연재를 부탁해준 김건태 편집자님, 어디에 있든 계속해서 글을 써달라고 말해준 윤세미 편집자님과, 올해 초 202호 식탁에 앉아 "지금 바로 출판사랑 계약해. 그래야지 너 책 끝낼 수 있다"라고 단언해준 김준모 님, 사려 깊은 마음으로 늘 흔들리는 나를 잡아준 이현주 편집자님. 한 분이라도 만나지 못했다면, 결코 이 책을 완성하지 못했을 것이다. 감사를 드린다.

무엇보다, 되찾을 수 없는 것을 잃어버렸으니 이제 글을 쓸 수 있을 거라고 위로해준, 이 문장조차 못 읽으면서 나의 모든 것을 읽어내는 한 사람에게 하리보 젤리를 드린다.

아주 긴 여름을 끝내며
2019년 가을
김태연

매일 다시 쓰는 이야기

. . .

연애할 때는 그가 자연을 사랑하는 모습이 좋았다. 밤늦게까지 별을 보다 잠드는 것도, 모래사장 위에 물고기 백과사전을 펼쳐두고 바다에 왔다 갔다 하는 것도 귀여웠다. 지금은 침대며 바닥이 다 모래밭이 될 때마다, 별 보여준다고 새벽에 깨울 때마다 명치를 빡 치고 싶다. 한 번만 더 깨우면 아끼는 목걸이를 끊어버리겠다고 선언했다. 유치하지만 효과가 있었다. 정말로 아끼기 때문에.

이건 나는 게 아니고 멋지게 추락하는 거야

· · ·

지금 생각해보면 결혼이 뭐라고 그렇게 무서워했을까 싶지만, 혼인신고를 하기 직전까지도 제대로 된 선택을 내리고 있는지에 대한 부담이 컸다. 마치 지금 걱정을 다 해두면 앞으로 걱정할 일이 없기라도 할 것처럼 끝도 없이 걱정을 했다. 그때 위로가 되어준 건, 우리는 절대 헤어지지 않을 거라는 낙관이 아니라 시간차가 있을 뿐 누구나 언젠가는 헤어진다는 비관이었다. 영화 〈토이 스토리〉의 명대사를 빌리자면 이건 나는 게 아니고 멋지게 추락하는 거랄까. 이러나저러나 폐장 시간만 걱정하며 놀이공원에 있을 순 없었다. 일단 사랑하는 동안 사랑하지 뭐. 그런 마음으로 서류에 사인을 했다. 가끔은 비관과 낙관이 통하는 구석이 있는 것 같다.

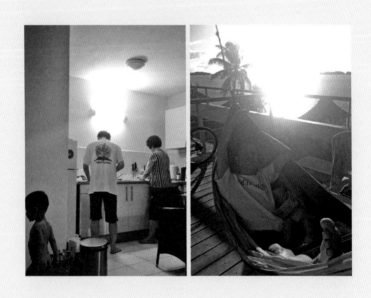

사랑하고 미워하는 나의 가족

· · ·

잠결에 가족들이 웃고 떠드는 소리가 들렸다. 엄마, 아빠는 거
실에 앉아 텔레비전을 보고 있고 언니와 남동생은 소파에 아
무렇게나 누워 과일을 먹고 있다.

눈을 뜨니 보라보라섬. 모든 것이 꿈이었다. 이럴 때 나는 깜
짝 놀란다. 가족들을 그리워하는 내 모습이 낯설다. 막상 한집
에 살았을 때는 그렇게 당연하게 여겼으면서, 사소한 일로 미
워하고 지겨워했으면서. 가족이란 정말 뭘까. 사랑하고 미워하
는, 힘 나게 하고 힘들게 하는, 약이고 병인 사람들.

오로라는 분명 저기에 있다

· · ·

아이슬란드를 여행했을 때, 머무는 내내 태풍이 몰아쳐서 오로라를 하루도 보지 못했다. 하지만 내 눈에 보이지 않는다고 오로라가 없는 건 아니었다. 분명 저기 구름 뒤, 그러니까 내 머리 바로 위에서 엄청나게 펄럭거리고 있을 터였다. 이런 바보 같은 상상을 한다고 무언가가 달라지는 건 아니었지만, 상상을 안 한다고 뭐가 달라지는 것도 아니잖아요(눈물을 닦는다).

조카 둘을 울린 날

· · ·

서윤이가 새침한 얼굴로 묻는다. "이모도 아이스크림 먹을래?"
"너 그거 두 개째 아냐? 우리 서윤이 아이스크림 귀신이네." 서
윤이는 깜짝 놀라더니 울면서 언니에게로 뛰어간다. "엄마, 이
모가 나보고 귀신이래. 엉엉."
우현이가 자랑스러운 얼굴로 묻는다. "이모! 내가 무슨 띠인 줄
알아? 이모는 띠 없지?" "이모 돼지띠인데. 우리 우현이는 토끼
띠인가?" 우현이는 깜짝 놀라더니 울면서 언니에게로 뛰어간
다. "엄마, 이모가 나보고 토끼띠래. 엉엉." 우현이는 태권도장에
서 새로 받은 빨간띠를 자랑하고 싶었던 거였다(게다가 우현이
는 용띠라고 한다).

난 아직도 가끔 네가 준 5분을 생각해

• • •

새벽까지 술을 마시다 아일랜드에 있는 홍인이에게 영상통화를 걸었다. 홍인이는 출근 준비 중이었다. "딱 5분 통화할 수 있어." "5분 동안 뭐 하지?" 잠깐 생각하던 홍인이는 옆에 있는 기타를 들고 무려 노래를 부르기 시작했다. "어우 야!"라고 소리를 질렀지만 바로 귀를 기울였다. 나는 술에 취했기 때문이고 홍인이는 홍인이였기 때문이다. 코드를 바꿀 때마다 "어. 잠깐. 흐흐. 다시" 하며 머뭇거렸지만, 홍인이는 한 곡을 끝까지 연주했다. 아니 어떻게 출근 직전의 인간이 하루 종일 술을 마신 인간보다 낭만적일 수 있지. 대책 없이 완벽한 5분이었다.

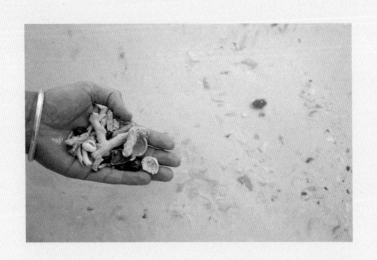

진짜 보물

. . .

언젠가 준코가 말했다. "살아보니까 보물 지도 자체가 사실은
보물이더라." 난 지금까지 그렇게나 꼭 맞는 말을 들어본 적이
없다.

보라보라섬에
도착한 추천의 말들

· · ·

김태연 작가의 글은 마치 바쁘게 걷다 잠시 벤치에 앉아 느끼는 바람 같다. 문장마다 우리가 일상에서 자주 지나쳐버리는 사소한 것들에 대한 깊은 사색이 담겨 있다. 따뜻하고 평화롭고 풍요로운 그의 문장은 내면을 향해 안테나를 뻗고 있어, 삶에 지친 이에게 작은 위로를 던져준다. _김도영(영화 〈82년생 김지영〉 감독)

남태평양의 따뜻하고 푸른 바다에서 경비행기를 타고 출렁출렁 날아온 이 편지 같은 책을 펼치자마자 괜히 눈물이 난다. 잔잔한 바다에 몸을 담가 일상의 피로를 풀고, 노를 저어 바다 건너의 섬으로 친구를 만나러 가고, 가난하지 않지만 부자가 될 필요는 느끼지 못하는 사람들과 함께 살아가는 하루하루. 지구상의 어딘가에서 누군가 이렇게 살고 있다는 것만으로도 큰 응원을 받은 기분이다. _한수희(『온전히 나답게』 저자)

내가 알고 있는 세계로부터 열아홉 시간의 시차만큼이나 멀리 떠나, 식탁을 차리다 갑자기 전기가 끊기는 바람에 녹으면 안 되는 식재료부터 서둘러 먹어 치우고, 뒷마당에서 모기떼의 습격을 당해 비행기로 응급실에 후송되는 삶이라니. 그곳이 천국일 리는 없다.

하지만 왜인지 알 수 없는 대목에서 미소를 짓다가도 눈물이 고인다. 내일의 일도 모르면서 한 걸음씩 나아가는 대책 없는 낭만, 대책 없는 용기, 대책 없는 믿음… 그리고 함께 살아가는 사람들의 다정한 마음에.

그러니까, 참 이상하면서도 반가운 일이다. 나와 같은 나라에서 나고 자란 어떤 여성이 저 먼 곳에서 나와 다르게, 그리고 행복하게 살고 있다는 사실이 이토록 위로가 된다는 것은. _최지은(대중문화 칼럼니스트)

보라보라섬에서 건져 올린 행복의 조각들

우리만 아는 농담

초판 1쇄 인쇄 2019년 10월 10일
초판 1쇄 발행 2019년 10월 16일

지은이 김태연
펴낸이 김선식

경영총괄 김은영

기획 윤세미　**편집** 이현주　**디자인** 심아경　**책임마케터** 박지수
콘텐츠개발3팀장 윤세미　**콘텐츠개발3팀** 심아경, 한나비, 이현주, 박화수
마케팅본부 이주화, 정명찬, 권장규, 최혜령, 이고은, 허지호, 김은지, 박태준, 박지수, 배시영, 기명리
저작권팀 한승빈, 이시은
경영관리본부 허대우, 하미선, 박상민, 윤이경, 권송이, 김재경, 최완규, 이우철
외부스태프 곽명주(표지 일러스트)

펴낸곳 다산북스　**출판등록** 2005년 12월 23일 제313-2005-00277호
주소 경기도 파주시 회동길 357 3층
전화 02-704-1724　**팩스** 02-703-2219　**이메일** dasanbooks@dasanbooks.com
홈페이지 www.dasanbooks.com　**블로그** blog.naver.com/dasan_books
종이 한솔피엔에스　**출력·인쇄** 민언프린텍　**후가공** 평창P&G　**제본** 정문바인텍

ISBN 979-11-306-2676-5(03810)

다산북스(DASANBOOKS)는 독자 여러분의 책에 관한 아이디어와 원고 투고를 기쁜 마음으로 기다리고 있습니다. 책 출간을 원하는 분은 다산북스 홈페이지 '투고원고'란으로 간단한 개요와 취지, 연락처 등을 보내주세요. 머뭇거리지 말고 문을 두드리세요.